D1857195

12.05.20

Martin Klein wurde 1962 in Lübeck geboren. Nach Abitur, Zivildienst und einem kurzen Zwischenspiel als Sportstudent wurde Martin Klein Landschaftsgärtner und studierte Landschaftsplanung.
1990 erschien sein erstes Kinderbuch: ›Lene und die Pappelplatztiger‹. Er lebt als freier Autor, Landespfleger und Spieler einer Kreuzberger Handballmannschaft in Berlin.
In der Reihe Fischer Schatzinsel sind von Martin Klein bereits ›Lisas Zauberperle‹ (Bd. 80096) und ›Mareks große Liebe‹ (Bd. 80097) erschienen.

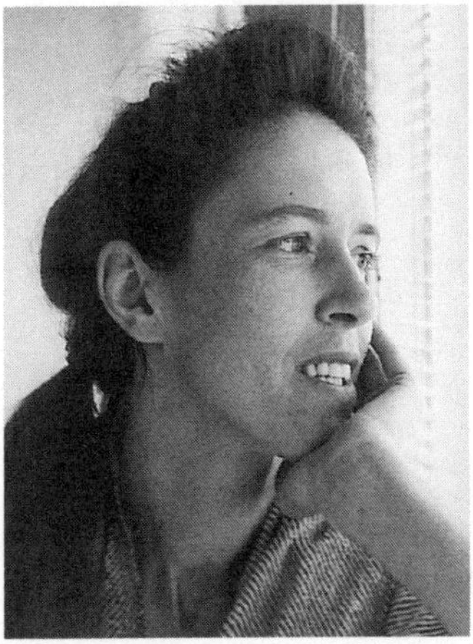

Sabine Wilharm, geboren 1954, studierte Illustration an der Fachhochschule für Gestaltung in Hamburg und arbeitet seit 1976 als freie Illustratorin für Zeitschriften- und Buchverlage. Für die Fischer Schatzinsel illustrierte sie die Bücher von Martin Klein und Luis Sepúlvedas ›Wie Kater Zorbas der kleinen Möwe das Fliegen beibrachte‹ (Bd. 85021).

Martin Klein

Mats,

der Held des Glücks

Mit Bildern von Sabine Wilharm

Fischer Taschenbuch Verlag

Landratsamt Rastatt
5.1 Fahrbücherei
99.123

ausgesondert

Fischer Schatzinsel
Herausgegeben von Markus Niesen

2. Auflage: Dezember 1998

Originalausgabe
Veröffentlicht im Fischer Taschenbuch Verlag GmbH,
Frankfurt am Main, August 1998

Dank an die Stiftung Preussische Seehandlung
für die freundliche Unterstützung
© Fischer Taschenbuch Verlag GmbH, Frankfurt am Main 1998
Gestaltung: Stephanie Keyl
Gesamtherstellung: Clausen & Bosse, Leck
Printed in Germany
ISBN 3-596-85039-8

Nach den Regeln der neuen Rechtschreibung

Für Helden wie Ecki und mich

Inhalt

Der Auftrag 11
Reich wie ein Scheich 18
Am Schreibtisch 42
Fantasie muss man haben 44
Zurück am Schreibtisch 75
Wo ist Siebenstein? 78
Wieder am Schreibtisch 113
Batman und die Brötzlaffs 115
Noch mal am Schreibtisch 155

»… doch McMurphy wusste, dass man erst dann richtig stark ist, wenn man an allen Dingen etwas Lustiges finden kann.« *Ken Kesey, Einer flog über das Kuckucksnest*

Der Auftrag Einmal saß ich an meinem Schreibtisch und Mats, sein Vater Carlo und Andy tauchten vor mir auf. Ich weiß nicht genau, woher sie kamen. Es kann sein, dass sie aus einem hinteren Winkel meiner Gedanken heraus direkt auf die Tischplatte spazierten.

Jedenfalls kamen sie wie gerufen, denn ich wollte ein Buch über sie schreiben. Sie waren zuerst nicht größer als Bleistifte, Carlo etwa so groß wie ein noch unbenutzter, neuer Stift, Andy wie ein mittlerer und Mats wie ein Bleistiftstummel, doch sie wuchsen rasant. Als sie zu Boden sprangen, hatten sie schon die Höhe von Pinguinen erreicht. Mats und sein Vater schlenderten zu meinem Ruhesofa und Andy schlurfte zu meinem Bücherregal. Dann, nachdem Vater und Sohn sich's bequem gemacht hatten und Andy gelangweilt die Hände in die Taschen schob, waren sie original so groß geworden wie ein Erwachsener, ein Vierzehnjähriger und ein Achtjähriger sind. Noch beachteten sie mich nicht.

Mats rückte seine Brille zurecht, zeigte auf mein Bücherregal, stieß seinen Vater an und sagte: »He, Carlo, was hältst du davon, wenn wir aus meinem Leben ein Buch machen? Ich möchte wetten, so eins gibt's noch nicht.«

So ein Zufall! Genau das hatte ich doch vor.

»Hm«, machte Carlo.

Seltsam, dieses »Hm« hatte ich im Sinn.

»Oder wenigstens aus einem Teil davon«, meinte Mats. »Ich habe schließlich schon so total viel erlebt, dass wir sowieso nicht alles aufschreiben können.«

Er stieß Carlo noch einmal an und fragte aufmunternd: »Wär das was?«

»Können wir das denn?«, fragte Carlo und strich nachdenklich über seine roten Bartstoppeln.

»Das ist doch leicht«, sagte Mats. »Wir machen's einfach und schon haben wir's.«

»Aber du kannst doch noch gar nicht gut genug schreiben«, wandte Carlo ein.

»Aber es ist trotzdem leicht«, verkündete Mats. »Ich erzähle es dir so, wie ich es haben will, und dann schreibst du es auf.«

»Und wenn ich es anders erzählen will?«, fragte Carlo.
»Dann schreibst du die Geschichten eben so auf, wie du sie haben willst«, erklärte Mats. »Oder sagen wir, eine.« Er zupfte an seiner Nackensträhne und sagte: »Eine Geschichte reicht. Die anderen schreibst du am besten so auf, wie ich es will. Ja, genau.«
»Und wenn ich es so, wie du es willst, nicht am besten finde?«
»Gibt's denn hier überhaupt keine Comics?!«, rief Andy missmutig herüber. »Oder wenigstens eine ordentliche Horrorgeschichte?«
Mats achtete nicht auf ihn. »Wenn wir mein Leben aufschreiben«, fuhr er fort und schaute seinen Vater durch seine Brillengläser ziemlich vorwurfsvoll an, »dann ist es doch logisch, dass die Geschichten so werden, wie ich sie haben will. Oder etwa nicht?«
»*Ich*, meinst du«, sagte Carlo. »Wenn *ich* Geschichten aus deinem Leben aufschreibe.«
»Richtig«, nickte Mats. »Sag ich doch.«
»Weißt du auch, dass es ganz schön viel Arbeit macht, ein Buch zu schreiben?«, erkundigte sich Carlo.
»Sei froh, wenn du ganz schön viel Arbeit kriegst«, sagte Mats. »Schließlich bist du arbeitslos.«
»Und wenn ich für diese Art von Arbeit nicht geeignet bin?«
»Wie immer«, meinte Mats. »Du fragst und fragst und

ich muss sehen, dass ich die Antworten ranschaffe. Also gut. Wenn wir es allein nicht schaffen, ein paar Geschichten aus meinem Leben aufzuschreiben, dann holen wir uns eben so einen, der nichts Besseres zu tun hat, als Geschichten aufzuschreiben. So einen Schriftenhersteller. So einen wie zufällig den da.«

Mats zeigte auf mich und rief: »He, du da!«

»Ich?«, fragte ich etwas blöd.

»Natürlich du. Bist du nicht so einer?«

»Ein Schriftsteller?«, fragte ich.

»Natürlich. Du bist so einer, oder?«

»Ja«, sagte ich.

Mats betrachtete mich kritisch. »Also du bist so ein komischer Vogel, ja?«

Ich nickte.

»Habe ich mir gleich gedacht«, sagte Mats.

Andy wurde aufmerksam. »Schreibst du Comics?«, erkundigte er sich. »Oder wenigstens ordentliche Horrorgeschichten?«

»Ich habe einen Auftrag für dich«, sagte Mats.

»Du willst, dass ich Geschichten aus deinem Leben aufschreibe, falls ihr es nicht schafft.«

»Genau!« Mats schnalzte anerkennend mit der Zunge. »Vielleicht bist du gar nicht so lahm, wie du aussiehst, was?«

»Ich bin überhaupt nicht lahm«, sagte ich ihm.

»Na, dann fang an!«, rief er. »Wir schreiben ein Buch.

Als erstes erzähle ich natürlich. Und zwar, wie wir einmal fast reich geworden sind. Aber vorher musst du uns noch vernünftig vorstellen. Und über die Vorstellung schreibst du: ›Helden‹. Oder noch besser: ›Steckbrief-Helden‹. Waoh, das klingt gut.«

»›Helden-Steckbriefe‹, meinst du wahrscheinlich«, erwiderte ich.

»Sag ich doch. Also los, wird's bald? Oder wartest du darauf, dass dein Stift vollgetankt wird?«

Helden-Steckbriefe

MATS Mats, acht Jahre alt. Trägt eine Brille mit ziemlich dicken Gläsern und hinten im Nacken eine lange Haarsträhne. Findet, das sieht spitzenmäßig aus. Sogar sein Nachbar Andy fragt ihn manchmal um Rat. Obwohl der schon vierzehn ist. Mats hat Zwillingsschwestern, Anna und Katharina. Die sind meistens bei ihrer Mutter und manchmal sogar nützlich. Er ist davon überzeugt, dass er alles richtig macht. Hat damit vielleicht sogar Recht. Denn er ist der Held des Glücks.

CARLO Mats' Vater, ungefähr fünfunddreißig. Trägt am liebsten geflickte Jeans, gestreifte T-Shirts und alte Turnschuhe. Hat lange Haare und viele rote Bartstoppeln. Wohnt mit Mats in einer Zweizimmer-Wohnung. Hat das kleine Zimmer und Mats das große. »Ich muss doch Platz zum Spielen haben«, sagt Mats. »Weißt du etwa nicht, dass Kinder Platz zum Spielen brauchen?« Doch, Carlo weiß das. Er ist der Held des Zusammenlebens mit Mats.

ANDY Wohnt nebenan und hat alles unter Kontrolle. Deswegen kommt der Kleine dauernd zu ihm, wenn der Schuh brennt. So wie bei der Sache mit den Brötzlaffs. Ob Andy ein Held ist? Klar, warum nicht? Ansonsten ist er vierzehn und raucht manchmal, und zwar Camel ohne. Nur seine Eltern stehen da nicht drauf.

Reich wie ein Scheich Einmal saß Carlo am Küchentisch, schaute in die Zeitung und sagte verdrießlich:

»Schon wieder nichts gewonnen.«

»Was hast du nicht gewonnen, Vati?«, fragte ich.

»Im Lotto«, brummelte Carlo.

»Und warum nicht?«

»Weil ich mal wieder nicht die richtigen Zahlen getippt habe.«

»Welche waren denn die Richtigen?«

Carlo las vor: »Die Drei, die Vier, die Zehn, die Zwölf, die Dreiundzwanzig und die Achtunddreißig.«

»Die hätte ich genommen«, sagte ich. »Die sind doch leicht.«

»Prima«, sagte Carlo. »Nur schade, dass du vergessen hast, mir das rechtzeitig mitzuteilen.«
Ich merkte, dass er sich über mich lustig machen wollte. Aber ich tat so, als merkte ich es nicht. Ich lächelte freundlich und rückte meine Brille gerade. Und dann sagte ich: »Ich habe nicht vergessen, sie dir zu sagen, sondern du hast vergessen, mich zu fragen.«
»Moment mal!« Mein Vater setzte sich aufrecht hin. »Du weißt doch gar nicht, wie Lotto-Spielen funktioniert.«
Pah. Dabei war er selbst der größte Lotto-Irrtum, den die Welt je gesehen hat. Das sagte ich ihm auch, aber nett. Rücksichtsvoll.
»Ich glaube eher, du«, erklärte ich ihm. »Ich habe schon längst Opa gefragt, wie das funktioniert. Man braucht nur sechs Zahlen hinzuschreiben. Sechs von insgesamt Neunundvierzig. Weiter nichts. Das ist doch wirklich sehr leicht.« Ich seufzte. »Opa hat gesagt, Lotto-Spielen könnte jeder Hornochse. Da frage ich mich natürlich schon, wieso ausgerechnet mein Vater es nicht kann.«
Carlo guckte beleidigt und sah wie ein erkälteter Seehund aus. Er begann mir ein bisschen Leid zu tun. Deshalb sagte ich: »Ich mein's nicht böse.«
»Das ist sehr lieb von dir.« Carlo lehnte sich in seinem Stuhl zurück. »Ich werde dir jetzt mal erklären,

warum es so schwierig ist beim Lotto-Spielen zu gewinnen.«

»Wie viel hätten wir denn überhaupt gekriegt?«, fragte ich.

»Diesmal wären es zweieinhalb Millionen gewesen.«

»Das ist ziemlich viel, oder?« Ich untertrieb etwas, um ihn nicht zu sehr zu blamieren. Aber er rief: »Ziemlich?! Das ist *wahnsinnig* viel!«

»Wie viel Hamsterkäfige hätte man davon kaufen können?«, erkundigte ich mich.

»So viele, dass jeder Hamster in der Stadt davon einen Käfig wie ein Schloss bekommen könnte. Plus Zweitkäfig im Grünen.«

»Was?!«, rief ich empört. »Diese Chance hast du dir entgehen lassen?! Das ist einfach nicht zu fassen!«

»Aber ich kannte die Zahlen doch nicht! Pass auf, die Sache ist so.« Carlo setzte seinen Erklärerblick auf. »Lotto-Spielen an sich ist tatsächlich leicht«, begann er. »Man nimmt einen Lottoschein. Dort stehen neunundvierzig Kästchen mit Zahlen drin. Die erste Zahl ist die Eins und die Letzte ist die Neunundvierzig. Sechs davon kreuzt man an. Wenn man will, kann man das Ganze mehrmals machen. Und dann …«

»Eigentlich ist es also immer das Gleiche, was?«, fragte ich.

»Das schon«, sagte Carlo. »Aber je öfter man spielt,

desto größer werden die Chancen, dass man die sechs Richtigen trifft. Verstanden?«

»Natürlich«, sagte ich.

»Ich zeichne mal so einen Schein«, meinte Carlo.

Als ich Carlos Gemälde sah, fiel mir sofort eine geniale Lösung ein. »Wie oft muss man sechs Kästchen ankreuzen, bis man alle neunundvierzig mindestens einmal angekreuzt hat?«

»Acht, nee, neunmal, aber ...«

»Ha! Dann muss man also neunmal spielen, bis man auf jeden Fall einmal gewinnt!«

Aber Carlo schüttelte den Kopf: »Nein, so einfach ist das nicht. Es ist ...«

»Wie oft hast du schon gespielt?«

»Schon oft«, sagte Carlo.

»Mehr als neunmal?«

»Viel mehr.«

»Was?? Und du hast es kein einziges Mal geschafft?!«

»Nein!«

Traurig. Ich schaute meinen Vater mitleidig an. Aber ich schwieg. Aus Höflichkeit. Weil ich ihm nicht wehtun wollte. Eine Engelstimme in mir flüsterte: Er ist dein Vater. Hilf ihm.

»Schau mal, Vati«, begann ich geduldig. »Das ist doch sehr merkwürdig. Es sind insgesamt nur neunundvierzig Zahlen und sechs davon musst du hinschreiben, oder?«

»Ankreuzen, richtig.«
»Das ist nicht sehr viel, oder?«
»Wie man's nimmt«, sagte Carlo. »Es sind mehr als genug. Und so einfach ist das nicht! Weil ...«
»Wieso nicht?! Das kapier ich einfach nicht!«
»Weil du mich nie zu Ende erklären lässt!«
»Erklär es zu Ende.« Ich setzte mich hin und stützte die Ellenbogen auf dem Küchentisch auf. »Erklär es zu Ende, ich hör dir genau zu.«
Carlo brummte irgendwas. Ich stubste ihn an. Er brauchte Aufmunterung. »Wir könnten die Millionen brauchen, was?«
»Oh ja«, sagte Carlo. »Oh ja.«
»Dann könnten wir uns auch ein Reihenhaus kaufen, was?« Anna und Katharina und meine Mutter haben nämlich eins.
»Locker«, nickte Carlo.
»Okay. Und jetzt erklär mir, warum es so schwer sein soll zu gewinnen.«
»Die Schwierigkeit liegt in der Kombination der Zahlen«, sagte er. »Es wird zwar nur aus neunund-

vierzig Zahlen ausgewählt, aber die Reihenfolge ist immer wieder anders. Da gibt es fast unendlich viele Möglichkeiten.«

»Wie viele?«, fragte ich. »Tausend?«

»Viel mehr.«

»Zehntausend?«

Carlo lachte und winkte ab. Was gab's da zu lachen? Ich knallte ihm die größte Zahl hin, von der die Menschheit je gehört hat: »Zehntausendtrillionenmillionen?!«

»Es sind so viele, dass es so gut wie unmöglich ist, die richtigen Zahlen zu treffen«, sagte Carlo. »Es ist mindestens so schwierig, wie … wie … in einem riesigen Heuhaufen eine Stecknadel zu finden!«

Das macht Carlo oft. Plötzlich fängt er von irgendwas ganz anderem an.

»Was hat das denn mit Lotto-Spielen zu tun? Und was hat eine Stecknadel in einem Heuhaufen zu suchen? Welcher Hornochse wirft Stecknadeln in Heuhaufen? Also Vati, das ist doch Quatsch, das Ganze.«

»Es war nur ein Beispiel«, sagte Carlo. »Nichts als ein Beispiel, das du leider nicht verstehst.«

Das macht er auch oft. Erst redet er kariert, und dann sagt er, ich verstehe es noch nicht.

»Das wollen wir doch mal sehen«, sagte ich. »Sechs Zahlen sind sechs Zahlen. Ich seh da keine Stecknadel. Und auch keinen Heuhaufen. Und schon gar keine Tausend oder Millionen. Mensch, überleg mal, wir könnten schon längst reich sein.«

»Das stimmt«, nickte Carlo.

»Dann hätten wir ein Haus und du ein großes Zimmer und ich so viele Hamsterkäfige, wie ich will! Und obendrein jede Menge Vanille-Eis mit Nusssplittern und Schokoladenüberzug. Würde der Lottogewinn für das alles reichen?«

»Das würde er«, sagte Carlo.

»Und außerdem noch für Lakritzschnecken bis zum Umfallen? Und für weiße Schokolade? Jede Menge weiße Schokolade?«

Carlo nickte.

»Ich meine: außerdem, verstehst du?«

»Es würde auch noch außerdem für weiße Schokolade reichen.«

»Waoh.«

Ich machte eine kurze Pause. Ich sah Hamsterkäfige, die schöner waren als das schönste Schloss. Und drumherum Berge aus edel-

stem Eis, Lakritzschnecken und weißer Schokolade. Gebirge. Alpen. Mount Evereste. Dann fiel mir ein, dass ich ja Carlo was abgeben wollte.
»Und für dich, könnten wir auch noch, ähm – zwei Kästen Bier kaufen. Wär das was?«
»Das wär was«, sagte Carlo.
»Ok«, rief ich entschlossen. »Ich nehm die Sache in die Hand. Ich spiele Lotto, und zwar sofort.« Ich sprang auf und rannte in den Flur.
»Das wollte ich dir auch schon vorschlagen«, rief Carlo hinter mir her.
»Bin gleich reich!«, rief ich aus dem Flur. »Bin gleich reich zurück!«
Da fiel mir noch eine Kleinigkeit ein und ich streckte den Kopf noch mal in die Küche. »Äh, was ich noch fragen wollte: Kostet das eigentlich was, Lotto-Spielen?«
»Klar. Wieso sollte ausgerechnet Lotto-Spielen umsonst sein?«
»Dann gib mal Geld.«
»Moment!« Carlo lehnte sich in seinem Stuhl zurück und verschränkte die Arme hinter dem Kopf. »Das verstehe ich nicht ganz. Wieso soll *ich* dir Geld geben, wenn *du* Lottospielen willst?«
Es war nicht zu fassen. Ich kam langsam in die Küche, ganz langsam, wie Django, und mit jedem Schritt wurde mein Blick finsterer. Ich stellte mich

meinem Vater gegenüber und stemmte die Arme in die Hüften, dahin, wo bei Django die Colts hängen.
»Ist das dein Ernst?«
»Hmhm.« Carlo nickte.
»Ich nehme dir das Lotto-Spielen ab, weil du's nicht kannst, und du willst mir kein Geld dafür geben?«
»Die Sache ist anders. Es ist …«
»Findest du das richtig?«
»Es ist …«
»Unterbrich mich jetzt nicht«, sagte ich wütend. »Ich bin noch nicht fertig. Ich habe noch eine wichtige Frage. Eine sehr wichtige Frage.«
»Nämlich?«
»Wenn du gewinnen würdest – was unmöglich ist, weil du's ja nicht kapierst –, aber mal angenommen: Würdest du dann das Geld mit mir teilen?«
»Natürlich«, sagte Carlo.
Schon hatte ich ihn. »Siehst du, ich nämlich auch!«
»Das ist selbstverständlich, wenn der Einsatz von mir kommt«, sagte er.
»Was für ein Einsatz?«
»Na das Geld, mit dem du spielen willst. Es ist meins. Du hast doch dein Sparschwein.«
»Ich brauche jeden Pfennig für den großen Hamsterkäfig«, sagte ich, obwohl Carlo das längst wusste. Manche Sachen muss man ihm aber immer wieder erklären. »Außerdem haben wir keine Zeit mehr

zum Reden. Wir müssen so schnell wie möglich reich werden.«
Ich trat mit den Füßen auf der Stelle wie jemand, der dringend aufs Klo muss. »Jede Sekunde zählt. Also, was ist?«
»Na gut«, sagte Carlo, stand auf, ging in den Flur und zog seine Jacke an.
Er wollte doch nicht etwa mitkommen? »Hee, was hast du vor? Das läuft nicht.«
»Na, wir gehen zusammen zum Lotto-Laden. Du bist noch zu klein, um allein zu spielen.«
»Nix!«, rief ich. »Kommt nicht in Frage. Du vermasselst bloß wieder alles. Ich nehme Andy mit. Ich brauch nur dein Geld!«
»Den Eindruck habe ich auch«, sagte Carlo und zückte seine Brieftasche. Na, immerhin. Wurde auch Zeit, dass er's einsah. Ich düste los.
»Und wenn wir gewinnen: Halbe-halbe!«, rief er mir hinterher.
»Na gut!«, rief ich zurück.
Ich bin ja nicht so.

Zehn Minuten später stand ich mit Andy im Zeitschriftenladen. Dort gibt es eine Ecke mit einer kleinen Theke und eine Ablage, auf der jede Menge Scheine lagen, die ungefähr so groß wie Postkarten waren.

»Das ist ein Lotto-Schalter, was?«, sagte ich.
»Genau, Kleiner. Hier kauft man keine Fahrkarten, sondern Lotto-Scheine.«
Andy tut immer oberschlau. Wenn er Kleiner sagt, überhöre ich das.
»Sag ich doch. Los geht's, wo sind die Zahlen zum Ankreuzen?«
»Was willst du denn genau spielen?«
Hatte ich mir's doch gedacht. Er hatte wieder mal keine Ahnung. Ich guckte ihn lässig an. »Na, Lotto natürlich. Was denn sonst. Hast du gedacht, ich komm für Räuber und Gendarm hier hin, oder was?«
»Es gibt verschiedene Arten von Lotto, Kleiner. Sechs aus Neunundvierzig, Elfer-Wette, Spiel Siebenundsiebzig, Super sechs …«
Das alles hatte er anscheinend irgendwo aufgeschnappt.
»Sechs aus Neunundvierzig«, wiederholte ich. »Das ist doch das mit den sechs Richtigen, oder?«
»Du hast's, Kleiner.« Andy griff in die Ablage und gab mir einen Schein. »Alles klarinetti, Kleiner? Du weißt, wie's geht? Du weißt, wo du was ankreuzen musst?«
»Klar«, sagte ich. »Und jetzt lass mich in Ruhe.«
Ich kauerte mich hin und legte den Lotto-Schein auf meine Knie. Mit einer Hand deckte ich ihn sorgfältig ab, damit Andy nicht abgucken konnte, mit der

anderen malte ich Kreuze. Schöne, perfekte Kreuze. Jedes passte haargenau in ein Kästchen. Andy murmelte unterdessen: »Wenn ich schon hier bin, werde ich mal 'ne Runde Elferwette spielen. Das ist leicht in dieser Woche. Sollte mich nicht wundern, wenn ich absahne.«
Er nahm sich auch einen Schein, stutzte und als er mich anguckte, merkte ich gleich, dass er wieder eine oberschlaue Idee hatte: »He, Kleiner, wie viel Geld hast'n dabei?«
»Zehn Mark«, sagte ich lässig.
»Schmeißt du davon 'ne Runde Elferwette für mich?«
»Warum nicht.«
Bin ja sein Freund.

»Ich bin ja sowieso gleich reich«, erklärte ich ihm, während ich weiter Kreuze machte. Eins besser als das andere. Vor lauter Konzentrieren flutschte mir die Zunge zwischen den Lippen hervor. Kleine Schwäche von mir.

Andy stellte sich an ein Ablagebrett neben der Theke und machte sich pfeifend daran, seinen Schein auszufüllen.

»Hm, Borussia Dortmund zu Hause gegen Schalke 04. Ganz klar, das gewinnen die. Das gibt 'ne glatte Eins.«

Seltsam.

»Du, Andy …«

»Ja?«

»Brauchst du elf richtige Zahlen, um zu gewinnen?« Ich stieß ihn vertraulich in die Kniekehlen: »Ich geb dir einen Tipp. Weil du's bist. Aber behalt ihn für dich, ja? Braucht nicht jeder zu wissen.«

»Es ist bestimmt ein super wertvoller Tipp, Kleiner, stimmt's?«

»Spiel das gleiche wie ich«, riet ich ihm. »Das ist leichter.«

»Nicht, wenn man so viel Ahnung von Fußball hat wie ich«, sagte Andy.

»Wieso Fußball? Ich denke, wir spielen Lotto.«

»Bei der Elferwette tippt man, wie Fußballspiele ausgehen. Elf Fußballspiele. Und wenn ich richtig tippe, bin ich reich wie'n Scheich.«

»Und was wirst du dir kaufen, wenn du die Millionen hast?«

»Ich kauf mir als erstes einen vernünftigen Untersatz«, sagte Andy.

»Einen vernünftigen Untersatz? Was ist das?«

»Ein Mofa von Ferrari. Und jetzt nerv mich nicht länger. Halt mal 'ne Minute die Backen.« Andy konzentrierte sich oberschlau auf seinen Tippschein. »Hm, Bayern München auswärts beim Hamburger SV. Logisch, 'ne Zwei.«

Ich war mit meinem Schein fertig. Die sechs Richtigen waren auf jeden Fall dabei. Zufrieden rieb ich mir die Hände und pustete drauf, wie man das macht, wenn eine wichtige Arbeit erledigt ist. Dann überreichte ich den Schein feierlich der Verkäuferin. Die sollte ruhig staunen. Aber was machte sie, als sie einen Blick drauf geworfen hatte? Sie kicherte los.

»Tut mir Leid, hihihi. Dieser Schein ist nicht gültig.«

»Wieso nicht?!«, rief ich wütend.

»Du darfst nur sechs Kreuze machen.«

»Aber ich spiele doch mehrmals!«, erklärte ich ihr. »Sechs mal acht plus Eins!«

»Wenn du mehrmals spielst, musst du auch mehrere Rahmen benutzen.«

Die Verkäuferin hob den Zettel hoch.

»Schau mal, hier sind verschiedene Rahmen mit jeweils Zahlen von Eins bis Neunundvierzig drin.« Sie tat so, als sei ich ein Anfänger. »Und in jedem Rahmen kannst du sechs Zahlen ankreuzen.«

»Das ist eine neue Regel, die Sie sich soeben ausgedacht haben!«, rief ich wütend. »Damit Sie die Millionen nicht rausrücken müssen!«

»Nein, das müssen immer alle so machen.«

»Kleiner, hast's wohl doch nicht ganz gerafft, was?«

Andy schaute von seinem Tippschein auf. »Darf ich mal?« Er fischte sich den Zettel, guckte drauf und prustete los. Total albern. »Hahahaaa, ich kann nicht mehr, ich schmeiß mich weg! Der Kleine hat doch Tatsache alle neunundvierzig Zahlen auf einmal angekreuzt! Höhöhöö!«
»Na, schließlich treffe ich so auf jeden Fall«, erklärte ich ihm. »Das Lotto-Spielen darf man nicht dem reinen Zufall überlassen!«
»Ein echter Super-Trick!« Andy zerknüllte meinen Schein und warf ihn in den Abfalleimer, der unter der Theke stand.
Ich war einen Moment sprachlos und erkannte, dass ich meine Taktik auf der Stelle ändern musste. Sämtliche Leute in diesem Laden waren gegen mich.
Andy gab der Verkäuferin seinen ausgefüllten Zettel. Ich linste drauf und sah viel weniger Zahlen als auf dem Schein, den ich gehabt hatte.
»He, warte mal, wart mal einen Moment!«
»Was denn?«

»Na, das sind ja immer nur Einsen und Nullen und Zweien! Du hast doch was von Elferwette gesagt.«
»Es gibt elf Spiele, Kleiner.«
»Na und? Was hat das mit Lotto zu tun?«
»Jedes Spiel kann gewonnen werden, unentschieden ausgehen oder verloren werden«, sagte Andy. »Sieg für die Mannschaft, die in ihrem eigenen Stadion spielt, heißt Eins, Unentschieden Null und Sieg für die Gastmannschaft Zwei. Alles klar?«
»Da geht's also immer um Fußball?«, fragte ich.
Andy nickte.
»Und man tippt, wie die Spiele ausgehen? Mit insgesamt drei verschiedenen Zahlen?«
»Du hast's erfasst, Kleiner.« Andy grinste. »Sieg, Unentschieden oder Niederlage. Eins, Null oder Zwei. Mehr Möglichkeiten gibt's nicht.«
Das war ja noch leichter als Lotto!
»Das spiele ich auch!«
Ich nahm mir einen Toto-Tippschein und Andy schob mir einen kleinen, bedruckten Zettel zu, auf dem die Spiele standen, die getippt werden mussten. Und los. Wie die Spiele ausgehen würden, war mir schnell klar. Ich brauchte nur ein bisschen nachzudenken. Der VfB Stuttgart würde zum Beispiel auf jeden Fall gegen Köln verlieren. Die Kölner hatten den Karneval und den berühmten Kölner Dom. Und was war in Stuttgart los? Nix.

Der 1. FC Kaiserslautern würde ganz klar gegen den Karlsruher SC gewinnen, denn in Kaiserslautern wohnt ein Onkel von mir, der ein Fan vom FCK ist. Er vergisst nie, zum Geburtstag ein Geschenk zu schicken. Aus Karlsruhe habe ich dagegen noch nie irgendwas bekommen. Hamburg würde Bayern schlagen, schon weil da die Hamburger erfunden wurden, während aus Bayern die fiesen Weißwürste stammen. Dortmund und Schalke würden sicher unentschieden spielen. Beide hatten zwei Silben und beide kamen aus dem Ruhrgebiet und beide hatten schon mal den Europacup gewonnen. Sie waren also genau gleich gut. Und so weiter, alles war logisch und bald war ich fertig. Andy guckte großspurig auf meinen Schein.

»Stuttgart soll zu Hause gegen Köln verlieren?! Ha, völlig unmöglich! Kaiserslautern soll in Karlsruhe gewinnen und der HSV gegen Bayern? Nie! Damit gewinnst du keinen müden Plastikball, Kleiner. Ich fress meine Kappe, wenn du mehr als drei Spiele richtig hast.«

»Dann besorg dir schon mal Salz und koch sie weich!«

»Ok, du willst nicht auf mich hören.« Andy zuckte die Schultern. »Also gut, dann eben nicht. Auf, zur Kasse.«

Wir gaben unsere Scheine ab, bekamen dafür Quittungen, auf denen unsere Tipps standen, und ich wurde glatt die ganzen zehn Mark los. Dann, schon an der Tür, drehte ich mich noch einmal um und fragte ganz harmlos:

»Was mich noch interessieren würde: Welche sechs Zahlen sind denn nun die richtigen?«

Die Verkäuferin lachte schon wieder. »Das weiß noch keiner. Du kannst dir die Ziehung morgen im Fernsehen anschauen. Nach der Tagesschau.«

»Wenn das mal mit rechten Dingen zugeht«, sagte ich und warf ihr einen strengen Blick zu.

Am nächsten Abend nach der Tagesschau saßen Carlo und ich vor dem Fernseher. Meinen Schein hatte ich vor ihm geheim gehalten, genau wie meine Entscheidung, Fußballtoto statt Zahlenlotto zu spielen.
Carlo hielt einen Zettel und einen Stift in der Hand, um die richtigen Zahlen zu notieren. In einem durchsichtigen Behälter purzelten Kugeln mit Zahlen darauf durcheinander. Von Zeit zu Zeit rollte eine durch einen gläsernen Tunnel, plöppte in eine Art Glas, und die freundliche Stimme einer Frau, die den Behälter zuvor in Gang gesetzt hatte, las die Zahl vor. Das passierte insgesamt siebenmal. Ziemlich langweilig, aber Carlo saß vor dem Fernseher, als liefe gerade ein Duell in einem Western, und schrieb jede Zahl sorgfältig auf.
»Allen Gewinnern einen herzlichen Glückwunsch«, verkündete die Lotto-Frau und strahlte.
»Na, und?«, fragte Carlo. »Zeig mal deinen Zettel. Kann ich die zwei Kästen Bier kaufen gehen? Wie viele Richtige haben wir?«
»Keine einzige«, sagte ich munter.
»Und jetzt die Ergebnisse vom Spiel 77 und der Elferwette.« Eine Reihe von elf unglaublich spannenden Einsen, Nullen und Zweien erschien auf dem Bildschirm und die freundliche Frau las sie vor.
»Schreib auf, los!«, rief ich.

»Warum?«
»Aufschreiben!«
»Hast du etwa aus Versehen Fußballtoto gespielt?«, fragte Carlo.
»Mach schon!«
Er tat es. Ich zog feierlich meinen Quittungszettel aus der Hosentasche. Gespannt verglich ich die Reihenfolgen.
So ein Mist. Gleich beim zweiten Spiel war mir ein Fehler unterlaufen. Der 1. FC Kaiserslautern hatte gegen Karlsruhe verloren. Mein Onkel war ein Versager.
»Ich könnte ausflippen!«, schimpfte ich. »Eine ist falsch. Ich Windhuhn hab ein Spiel falsch angekreuzt. Und nur wegen Onkel Klaus.«
»Wie? Wegen Onkel Klaus? Verstehe ich nicht.« Carlo schaute mich fragend an. »Aber was meinst du mit: ein Spiel falsch angekreuzt? Was ist denn mit den anderen?«
»Die anderen sind richtig«, sagte ich enttäuscht.
»Waaas?!« Carlo sprang auf. »Hast du etwa zehn Spiele richtig getippt?! Lass mal gucken!«
Aufgeregt riss er mir den Zettel aus der Hand. »Tat … tatsächlich! Das gibt's doch nicht«, stotterte er. »Das ist ja verrückt. Verrückt ist das … und toll!! Wahnsinn!!«
Er umarmte mich und küsste mich und schwenkte

mich hin und her. »Da haben wir garantiert was gewonnen!! Mats, du bist ein Schatz.«

»Ich war nicht in Form«, erklärte ich ihm. Schließlich hätte ich leicht alles richtig haben können. Onkel Klaus hätte nur nach Karlsruhe ziehen müssen.

Zwei Tage später, am Montagnachmittag, sagte Carlo, als ich gerade meine Ritterburg aufbaute: »Komm, jetzt gehen wir zur Lotto-Bude und holen unseren Gewinn.«

»Meinen Gewinn, meinst du«, sagte ich und suchte in der Burg-Kiste nach der Falltür. »Den ich aber uns beiden schenke.«
»Okay, genau den. Den holen wir jetzt. Vielleicht ist es so viel Geld, dass wir es gar nicht in bar kriegen.«
»Geh du mal allein.« Ich hatte Wichtigeres zu tun. Nicht nur die Falltür, auch der Rammbock war verschwunden.
»He, Mats!«, rief Carlo bei der Rückkehr schon im Flur. »Es sind fünfhundert Mark! Fünfhundert Eier! Ist das nicht super? Was sagst du jetzt?!«
»Fünfhundert«, sagte ich nachdenklich. »Richtiger Reichtum ist das nicht, oder?«
»Das nicht. Aber es ist ein ganz schöner Batzen Geld. Das hast du toll gemacht!«
Er umarmte mich noch einmal.
»Reichen fünfhundert Mark für einen richtig großen Hamsterkäfig?«, fragte ich.
»Zweihundertfünfzig, meinst du«, verbesserte Carlo mich. »Vergiss nicht: Halbe-halbe. Aber die reichen. Außerdem hast du noch deine Ersparnisse.«
»Und wie viele Kästen Bier kannst du dir für deine Hälfte kaufen?«
»Ungefähr zwölf«, erwiderte Carlo.
»Zwölf? Das ist ja mehr, als du für zweieinhalb Millionen geholt hättest! Da hättest du dich noch mit zweien begnügt!«

»Nein, du wolltest mir nur zwei Kästen abgeben.«
»Und wie viel Eis kann ich mir von meinem Geld noch kaufen?«
»Eine ganze Menge.«
»Und wie viele Lakritzschnecken und wie viel weiße Schokolade?«
»Auf jeden Fall ausreichend viele.«
»So, dass es für ein paar Jahre reicht?«
»Na, Jahre vielleicht nicht gerade.«
»Dann hast du mich mit deinem ›Halbe-halbe‹ ganz schön reingelegt«, stellte ich fest. »Und ich muss sehen, dass ich noch mehr Geld ranschaffe.«

Am Schreibtisch Ich las vor, was Mats erzählt hatte, und er war zufrieden mit sich.
»Sehr gut erzählt«, sagte er. »Sehr, sehr gut. Total echt. Genauso ist es gewesen. Genauso muss alles gedruckt werden.«
»Irgendwo sollte aber noch stehen, dass Fußballtoto auch nicht mehr das ist, was es mal war«, meinte Andy.
»Was war es denn mal?«
»Ein Spiel für Experten«, erklärte Andy.
»Das ist es immer noch«, sagte Mats. »Ich habe einfach von Natur aus viel mehr Ahnung von Fußball als du.«
»Tonnenweise Glück hast du, sonst gar nix. Wahrscheinlich würdest du sogar gewinnen, wenn du den Tippschein von deinem Hamster ausfüllen ließest.«
»Logo«, verkündete Mats. »Und jetzt zurück zu den Geschichten. Ich habe fürs Erste genug geleistet. Glaubt ja nicht, dass ich alles allein mache. Jetzt kommt die Geschichte mit Vanessa und einer von euch beiden ist dran.« Er zeigte auf Andy und Carlo.
»Oh«, meinte Carlo. »Bist du sicher, dass diese Geschichte erzählt werden muss?«

»Natürlich, mit allem Drum und Dran. Und du darfst sie so erzählen, wie du es willst und wie ich es am besten finde und wie sie wirklich passiert ist.«

»Ich bin nicht sicher, ob so was in ein Buch für Kinder gehört.«

»Wieso das denn nicht?«, fragte Mats erstaunt. »Ich habe das doch erlebt. Bin ich etwa kein Kind?«

»Ich warte trotzdem lieber noch ein bisschen«, meinte Carlo. »Von der Geschichte mit Vanessa weiß ich nicht genug.«

»Dann eben du, Andy«, sagte Mats.

»Ich?!«, rief Andy ziemlich heftig. »Kommt überhaupt nicht in die Tasse! Ich habe mit der Sache rein gar nichts zu tun!«

»Glaubt nur nicht, dass ich die ganze Arbeit allein mache«, versetzte Mats. »Dann muss eben jetzt der Schriftenhersteller ran. Los, ich sag dir, wie's war, und du schreibst es auf!«

»Und wenn die Geschichte nix für Zwerge ist, brennt bei ihm der Schuh und nicht bei uns«, murmelte Andy.

Also erzählte ich die nächste Geschichte dieses Buches.

Fantasie muss man haben Einmal saß Carlo am Küchentisch und seufzte. Und seufzte.
Und seufzte noch einmal.
»He, was ist los, Vati?«, fragte Mats.
»Nichts«, sagte Carlo und atmete aus. Es hörte sich an wie schwere Arbeit.
»Bist du erkältet?«, fragte Mats, der gerade Cornflakes mit Milch aß.
Carlo schüttelte den Kopf.
»Wirklich nicht?«, fragte Mats besorgt. »Lass mal deine Stirn fühlen.«
Er beugte sich quer über den Tisch und streckte die Hand aus.
»He, pass auf die …«
… Schale mit den Cornflakes auf, wollte Carlo

sagen, da hatte Mats schon einen Hemdzipfel reingehängt. Er machte eine hastige Bewegung und die Schale flog vom Tisch. Eine Sekunde lang segelte sie durch die Küche wie ein UFO mit einem Kondensstreifen aus Vollmilch. Dann landete sie auf dem Küchenboden, zersprang und erzeugte eine seltsam geformte Milch-Cornflakes-Scherben-Pfütze.
»Verdammt noch mal!«, rief Carlo. »Und ich sag noch: Pass auf!«
»He, guck mal, wie das aussieht«, sagte Mats staunend und zeigte auf den Boden. »Voll interessant!«
»Voll interessant«, wiederholte Carlo wütend. »Eine kaputte Porzellanschale und eine Pfütze aus Milch und Cornflakes. Und ein tollpatschiger Junge, der beides runtergeworfen und sein Hemd reingetaucht hat. Wirklich: voll interessant.«
»Ich weiß gar nicht, warum du so sauer bist. Außer-

dem war es umgekehrt: Erst wurde mein Hemd nass und dann ist das Ganze runtergefallen. Ist doch logisch.« Er sah Carlo mit leuchtenden Augen an: »Guck doch mal, die Scherben! Wie Felsen im Wasser sehen die aus. Genau so. Und die Cornflakes könnten Fische sein, große Fische. Echt!«

»Lenk nicht ab!«, sagte Carlo.

»Nee, noch besser: Seehunde!«, rief Mats. »Eine Herde Seehunde! Die Milch ist 'ne Sandbank. Ganz genau, 'ne Sandbank mit Felsen! Und der Küchenboden ist das Meer!«

»Du wirfst jetzt sofort die Scherben in den Müll und wischst die Pfütze auf, klar?«

»Klar«, sagte Mats und stand umständlich auf. Vor der Pfütze blieb er stehen und zupfte vor Aufregung an seiner Nackensträhne. »Das gibt's doch nicht! Schau dir das mal an!«

»Was mach ich denn die ganze Zeit?«, fragte Carlo. »Es ist aber kein Anblick, der mich sehr erfreut.«

»Das sieht doch genau aus wie ein, wie heißen die Viecher noch … genau, Elch! Ich werd verrückt, die Pfütze hat eine Form wie ein Elch!«

»Ich werd gleich einer«, sagte Carlo.

»Guck mal da: das Geweih! Und da vorne die breite Schnauze. Elche haben ja eine unheimlich breite Schnauze. Deswegen alleine kann's schon keine Kuh sein.«

»Kühe haben auch kein Geweih«, sagte Carlo.

»Stimmt! Wieder ein Grund mehr, warum's ein Elch ist. Und guck mal, da vorne sind die Beine und unten dran die Hufe. Wie habe ich das bloß hingekriegt?«

Carlo schnaufte wie ein Elch.

»Indem du mal wieder überhaupt nicht aufgepasst hast. Und jetzt nimm dir bitte sofort ein Tuch und wisch den Elch auf. Und als allererstes ...«

»Mach ich.« Mats wandte sich zur Spüle. »Aber ein bisschen schade ist es schon drum, oder?«

»Ja, um die Schale«, sagte Carlo. »Schon wieder eine weniger. So viel Geschirr kann ich gar nicht kaufen, wie du zerdepperst. Und bevor du mit dem Aufwischen anfängst, solltest du ...«

»Du übertreibst mal wieder total«, unterbrach Mats. Er hatte sich einen Lappen geholt, kniete auf dem Boden und tunkte ihn in die Pfütze.

»Erst die Scherben«, sagte Carlo. »Du solltest als erstes die Scherben aufsammeln, sonst ...«

»Au!«, schrie Mats. »Auaah! Jetzt hab ich mich geschnitten!«

Er hielt den Ringfinger seiner rechten Hand in die Höhe. An der Kuppe bildete sich ein Blutstropfen.
»Es blutet!! Auah, es blutet wie verrückt und es tut so weh!!«
Mats heulte. Carlo stand auf, ging zu seinem Sohn und schaute sich die Wunde an.
»Halb so schlimm«, sagte er. »Gerade so, dass es ein kleines bisschen blutet.«
»Von wegen!! Uaah, tut das weh! Und alles nur wegen dir! Und du hast dich natürlich nicht geschnitten!«
Carlo pustete auf den kleinen Ritz, holte ein Pflaster und pappte es um Mats' Finger. »So, schon ist alles wieder gut.«
»Gar nichts ist gut«, schniefte Mats. Er stand vor der Pfütze und betrachtete seinen verpflasterten

Finger. »Das ist alles so ungerecht! Wieso hast du nicht gleich gesagt, dass man zuerst die Scherben aufsammeln muss?«

»Wollte ich ja«, verteidigte sich Carlo. »Aber du hast mich dauernd unter…«

»Mit dem schlimmen Finger kann ich natürlich nichts mehr machen«, unterbrach Mats ihn und setzte sich wieder hin. »Oder willst du etwa, dass er sich entzündet?«

»Nein«, sagte Carlo.

»Siehst du, das meine ich auch.« Mats lehnte sich zufrieden zurück. »Tja, dann musst du wohl ran.« Er zuckte die Schultern. »Nicht zu ändern.«

»Hm«, machte Carlo und begann die Scherben aufzusammeln.

»Und außerdem wollte ich dir doch nur helfen. Deine Stirn fühlen um zu prüfen, ob du krank bist. Weil du so laut geseufzt hast. Und was habe ich nun davon? Jetzt sitze ich mit aufgeschlitztem Finger hier und du meckerst auch noch an mir rum.«

»Hm«, machte Carlo und tunkte den Lappen in die Milch.

»Und außerdem habe ich die Schale gar nicht gesehen«, erklärte Mats. »Ich bin nämlich total kurzsichtig, falls du's noch nicht weißt.«

»Und was war, während du aus der Schale gegessen hast?«, fragte Carlo, während er den Lappen in der

Spüle auswrang. »Da hast du sie noch genau gesehen. Seltsam, oder?«
Mats schwieg. Er überlegte. Auf seiner Stirn bildeten sich Falten wie kleine, gekräuselte Wellen.
»Wirklich merkwürdig, was?« Carlo kostete seinen kleinen Vorteil aus.
»Ich habe mir gemerkt, wo sie stand«, sagte Mats. »Deshalb konnte ich aus ihr essen. Nur habe ich's dann plötzlich vergessen. Einfach so.«
»Ach so.« Carlo musste grinsen. »Du armer, kurzsichtiger, vergesslicher Junge.«
»Ich möchte mal wissen, was daran seltsam oder merkwürdig sein soll«, sagte Mats schnippisch. »Und erst recht möchte ich wissen, wieso du dabei so komisch grinst. Opa sagt, nur Hornochsen machen sich über die Gebrechen anderer lustig.«
»Klar.« Carlo nickte und wischte die letzten verirrten Cornflakes auf.
»Du hast gut grinsen«, sagte Mats. »Du bist ja schließlich nicht kurzsichtig. Wieso eigentlich nicht, das frag ich mich immer.«
»Da habe ich halt mal Glück gehabt«, meinte Carlo und setzte sich wieder an den Küchentisch.
»Und ich Pech«, sagte Mats. »Mal wieder. Mutti ist auch nicht kurzsichtig. Nicht mal Anna und Katharina. Nur ich. Und jetzt habe ich mir auch noch in den Finger geschnitten.«

Zum Beweis hielt Mats ihn hoch.

»Du bist ein echter Pechvogel. Jetzt ist aber zum Glück alles wieder in Ordnung«, sagte Carlo.

»Zum Glück«, wiederholte Mats. »Jetzt haben wir uns ein Eis verdient, was?«

»Wir?«, fragte Carlo.

»Na, klar, du kannst auch eins haben, wenn du willst! Aber was ist nun mit deiner Stirn? Soll ich mal fühlen? Bist du krank oder nicht?«

»Ich bin nicht krank«, sagte Carlo und öffnete das Gefrierfach.

»Warum hast du dann vorhin so laut geseufzt?«

»Weil ... na ja, ich ... ach nichts«, sagte Carlo und reichte Mats ein Eis. »Pass auf, tropft schon ein bisschen.«

»Nichts? Das kannst du mir nicht erzählen«, erklärte Mats und begann an seinem Eis zu lecken. »Du hast doch was.«

»Dein Eis tropft«, sagte Carlo. »Erstens auf den Boden, zweitens auf dein Hemd.«

»Das Hemd ist sowieso hinüber«, erwiderte Mats. »Guck mal hier, der riesige Milchfleck. Und der Boden, der muss sowieso wieder ...«

»... der muss was?!« Carlo wurde laut. »Nein! Kapiert?! Nein! Ich habe keine Lust ständig hinter dir her zu wischen! Achte darauf, dass dein Eis nicht weiter auf den Boden tropft, klar?!«

»Da achte ich sowieso drauf«, sagte Mats und fragte beleidigt: »Wieso regst du dich denn überhaupt so auf?«
»Ich rege mich überhaupt nicht auf!«
Mats zog die Augenbrauen hoch. »Also mit dir stimmt irgendwas nicht. Das merke ich ganz genau. Was ist los?«
»Ich ärgere mich über meinen vorlauten Sohn.«
»Kille kille, wie witzig.« Mats hob den rechten Arm und tat so, als würde er sich mit der linken Hand unter der rechten Achsel kitzeln. Mit einem leisen Flatsch landete sein Eis auf dem Boden und er hatte nur noch den Stiel in der Hand.
Carlo schloss die Augen, bedeckte mit der Hand seine Stirn und murmelte:

»Manchmal fühle ich mich erschöpft. Einfach erschöpft.«

»Weißt du was?«, rief Mats munter und sprang von seinem Stuhl. »Ich mach das weg. Dir zuliebe!«

»Nett von dir«, murmelte Carlo.

»Trotz schlimmem Finger«, verkündete Mats stolz.

»Wenn er sich dabei entzündet, hast du die Schuld.«

Eine Minute später saß er wieder am Tisch. »Und jetzt sag mir endlich, was dir fehlt.«

»Nichts.«

»Dir fehlt doch irgendwas!«

»Nein.«

»Doch!«

»Okay, stimmt, mir fehlt etwas«, sagte Carlo und faltete die Hände vor seinem Mund, als würde er beten. »Mir fehlt Ruhe. Ich wünsche mir, dass du mich jetzt einfach mal eine Weile in Ruhe lässt.«

»Fünf Minuten?«

»Nein.«

»Zehn?«

Carlo schüttelte den Kopf.

»Weißt du was?«, sagte Mats heldenhaft. »Ich werde dich jetzt einfach mal – *eine ganze halbe Stunde* – in Ruhe lassen. Was sagst du dazu?«

»Das ist prima«, erwiderte Carlo.

»Ist das was?«, fragte Mats.

»Das ist was. Ich sagte es schon. Jetzt tu's auch.«

»Was?«
»Mich in Ruhe lassen. Die halbe Stunde fängt jetzt sofort an.«
»Bin schon weg!«, verkündete Mats. »Ab sofort mache ich eine halbe Stunde freiwillig Stubenarrest. Nur dir zuliebe! Ganz alleine wegen dir!«
»Und zieh dir bitte ein anderes Hemd an!«, rief Carlo hinter ihm her.
Eine Viertelstunde später schaute Mats in der Küche vorbei. Nur so. Carlo saß am Küchentisch und seufzte wieder.
Mats trat leise hinter ihn. »Die halbe Stunde ist längst vorbei, Vati.«
»Wirklich?«, murmelte Carlo.
»Mhm.« Mats lehnte sich an seinen Rücken. Dann schlang er seine Arme um Carlos Hals. Wie ein Klammeräffchen. So hingen die beiden eine Weile aneinander. Bis Carlo sagte: »Du erwürgst mich.«
Mats ließ los. Er setzte sich Carlo gegenüber und legte die Arme auf die Tischplatte. Er legte den Kopf auf die Arme und schaute Carlo an. Bis der sagte. »Ich fühle mich einsam.«
»Aha«, klang es verschwommen zwischen Mats' Armen hervor. »Deswegen guckst du traurig.«
Carl nickte.
»Du fühlst dich einsam und trotzdem schickst du mich in mein Zimmer?«, fragte Mats nachdenklich.

»Und dann auch noch eine ganze halbe Stunde lang? Seltsam.«
Carlo antwortete nicht.
»Ist es denn ohne mich nicht noch einsamer?«
»Doch, schon. Oder nein. Das heißt, ja.«
»Also was denn nun?« Mats richtete sich auf. »Ja oder nein oder doch schon?«
»Ich fühle mich anders einsam, als du denkst, verstehst du?«
»Nein«, sagte Mats. »Ich verstehe überhaupt nicht.«
»Dafür bist du noch zu jung.«
»Nee, Carlo«, sagte Mats. »So geht das nicht. Du redest total kariert und wenn ich wissen will, was los ist, sagst du, dafür bin ich noch zu jung. Also nee.«
»Ok, vielleicht hast du Recht.« Carlo stand auf und begann, in der Küche hin und her zu gehen. »Also, ich werd's dir sagen. Ich fühle mich einsam, weil mir ein Mensch fehlt, der … mich liebt. Und auch manchmal verwöhnt, weißt du. Und der immer für mich da ist.«
»Aber dafür hast du doch mich«, sagte Mats. »Ich verwöhne dich jeden Tag.«
»Ein neuer Mensch«, sagte Carlo.
»Ich bin noch ziemlich neu.«
»Ein weiblicher Mensch«, entgegnete Carlo.
»Dann hast du wohl Anna und Katharina vergessen«, erinnerte ihn Mats. »Die lieben dich auch,

schätze ich. Nicht ganz so wie ich zwar und immer für dich da sind sie nicht. Das ist aber auch ganz gut so, wenn du mich fragst. Verwöhnen tun sie dich schon gar nicht. Aber immerhin, es gibt sie, oder?«
»Ein erwachsener, weiblicher Mensch«, sagte Carlo.
»Mutti?«, fragte Mats vorsichtig.
Carlo schüttelte den Kopf.
»Aha«, sagte Mats und dachte eine Weile nach. Carlo wanderte weiter in der Küche auf und ab. Bis Mats zu ihm sagte: »Du läufst durch die Küche wie ein Puma im Zoo. Das stört mich beim Nachdenken.«
Carlo setzte sich hin.
»Also«, sagte Mats. »Dir fehlt ein neuer, erwachsener, weiblicher Mensch, der dich manchmal liebt und verwöhnt und manchmal immer für dich da ist. Weiter nichts, richtig?«
»Weiter nichts«, sagte Carlo und lächelte.
»Aber das ist doch leicht hinzubekommen!«, rief Mats. »Da weiß ich schon was!«
»Da bin ich aber mal gespannt«, sagte Carlo.
»Das ist doch leicht! Nicht klagen, Mats fragen! Ich übernehme das!« Mats eilte in den Flur, um seine Schuhe anzuziehen.
»Bitte übernimm's mit einem neuen Hemd!«, rief Carlo hinter ihm her. »Du hast vergessen dich umzuziehen. Und wo willst du überhaupt hin?«
»Zu Andy!«

»Und, Kleiner?«, fragte Andy. »Wo brennt der Schuh?« Er lag auf dem Teppich seines Zimmers und las einen Comic. Wie meistens.

»Hallo, Andy«, sagte Mats. »Mein Opa sagt, nur Hornochsen lesen dauernd Comics.«

»Ach nee?« Andy setzte sich hin und schlang die Arme um seine Knie. »Sagt dein Opa das, ja?«

Mats nickte ernst. »Übrigens …« Er streckte die Nase in die Luft und schnüffelte. »Hier riecht's nach Zigarettenrauch.« Er schnüffelte noch mal und stellte sachlich fest: »Der kann nur von dir sein.«

»Ach ja?« Andy streckte sich lang aus, rollte sich auf die Seite und stützte den Kopf mit einem Arm ab. »Und was ist in diesem Fall mit deinem Opa? Hat der nichts zum Rauchen gesagt?«

»Doch. Opa sagt, rauchen tun nur Hornochsen.«
»So eine Überraschung«, sagte Andy.
»Und außerdem darfst du doch noch gar nicht rauchen.«
»Ach nee, darf ich das nicht?«
»Nein.« Mats schüttelte den Kopf.
»Hast du 'ne Ahnung, was ich alles darf.« Nach einer Pause fügte Andy hinzu: »Wenn du das mit dem Rauchen verrätst, setzt's 'ne Runde flache Hiebe!«
»He, Andy, was soll das?«, fragte Mats beleidigt. »Du weißt doch: Ich schweige wie ein Schwab.«
»Wie?«
»Wie ein Schwab«, wiederholte Mats.
»Wie ein Grab, heißt das, Kleiner. Du meinst: Ich schweige wie ein Grab.«
»Carlo sagt immer: Wie ein Schwab«, erklärte Mats.
Andy gähnte. »Du bist doch nicht hier, um mir Vorträge darüber zu halten, dass ich nicht rauchen und keine Comics lesen darf. Dann kannst du nämlich gleich wieder 'n langen Schuh machen.«
»Nein.«
»Na, dann sag schon, was du willst. Hab nicht ewig Zeit.«
»Ich auch nicht«, sagte Mats. »Die Sache ist dringend. Also: Du hast mir doch letztens aus dieser Zeitung vorgelesen. FOTO hieß die.«
»BILD«, sagte Andy.

»Genau, BILD. Komisches Zeugs war das jedenfalls. Irgendwas mit Modellen.«

»Was?!«

»Ja, ich hab mich auch gewundert. Auch darüber, was du daran superspannend fandst.«

»Ach nee«, sagte Andy und guckte unbehaglich aus der Wäsche.

»Genau, das war's. Modelle. Da standen jede Menge Telefonnummern von Frauen, die einen erwarten und verwöhnen und so. Und du wolltest unbedingt, dass ich da mal anrufe. Um zu gucken, wer sich meldet und was dann passiert. Erinnerst du dich?«

»Na und«, sagte Andy mürrisch.

»Aber die haben immer gleich aufgelegt, wenn ich was gesagt habe, weißt du noch?«

Andy schaute Mats mit zusammengezogenen Brauen an.

»Warum interessierst du dich jetzt plötzlich dafür, Kleiner?«

»Wegen Carlo.«

Andy machte große Augen.

»Carlo ist einsam«, erklärte Mats. »Er braucht wieder eine Frau, die manchmal für ihn da ist und ihn verwöhnt, hat er mir gesagt. Deswegen sitzt er schon den ganzen Tag am Küchentisch und seufzt, dass das Geschirr klirrt. Diese Zeitung kauft er aber nie. Deswegen weiß er wahrscheinlich nichts davon, dass es

viele Frauen gibt, die er nur anrufen muss, damit sie ihn verwöhnen.«
»Ach nee«, sagte Andy und klappte den Mund auf.
»Warum wirst du denn rot?«, fragte Mats.
»Ich werde überhaupt nicht rot«, polterte Andy.
»Doch, du wirst rot«, beharrte Mats. »Deine Ohren sehen schon aus wie Paprikascheiben.«
»Schnauze, Kleiner!«
»Hey, reg dich doch nicht gleich so auf. Jedenfalls brauche ich diese Nummern noch mal, um da anzurufen.«
»Du?«
»Ja, ich.« Mats guckte Andy erstaunt an. »Was ist denn dabei? Das hab ich doch schon mal gemacht.«
»Warum ruft Carlo denn nicht selber an?«
»Tja, er …« Mats brach ab. Die neue Frau, die Carlo verwöhnen würde, sollte schließlich eine Art Überraschung werden. Mats war nicht sicher, ob es klug wäre, Andy in alles einzuweihen.

»... traut sich nicht?«, fragte Andy.
»Genau.« Mats nickte erleichtert. »Er traut sich nicht. Ist ein bisschen schüchtern.«
»Carlo wirkt gar nicht so«, sagte Andy nachdenklich. »Aber ich kann's verstehen.«
»Ich auch«, nickte Mats. »Deswegen mach ich es ja auch für ihn.«
»Na, ob das richtig ist, das weiß ich aber nicht«, knurrte Andy. »Dass ein Achtjähriger für seinen Vater da anruft. Mein lieber Herr Gesangverein!«
Mats zuckte die Schultern. »Ehrlich gesagt, ganz sicher bin ich auch nicht. Wo die bei mir doch immer gleich aufgelegt haben. Aber diesmal habe ich einen echten Grund.«
»Na, was meinst du, was die sich denken«, sagte Andy. »Es ist nicht üblich, dass Kinder da für ihre Väter anrufen, Kleiner. Es ist sogar total unüblich. Wenn nicht sogar verboten.«
»Waaaas, es ist verboten?! Und du hast mir nichts davon gesagt?!«
»Na ja, ich, äh ...«
»Deswegen haben die immer aufgelegt, was?!«
»Es ist nicht direkt verboten, glaub ich«, sagte Andy.
»Red dich nicht raus!« Mats überlegte einen Moment scharf. Seine Stirn verknitterte kurz. Bis er die Lösung hatte. »Dann musst du es eben für mich machen.«

»Ich??« Andy schüttelte heftig den Kopf. »Schon mal gar nicht, Kleiner!«

»Hee, Moment mal. Hab ich für dich vielleicht nicht angerufen? Ich verlange nicht mehr, als ich für dich getan habe!«

»Mir egal!« Andy schüttelte den Kopf noch heftiger.

»Und obendrein ist es für einen guten Zweck!«

»Egal!«

»Bitte!«

»Nein!«

»Na gut«, stieß Mats finster hervor. »Du willst es nicht anders. Entweder du rufst an, oder ...«

»Oder was?«

»Es riecht ganz schön nach Rauch hier.« Mats sog heftig die Luft ein. »Das soll doch unter uns bleiben, oder?«

»Du bist ein kleines Arschloch, Kleiner«, knurrte Andy. »Weißt du das?«

»Alles nur für einen guten Zweck«, ver-

sicherte Mats treuherzig und rückte seine Brille zurecht. »Außerdem bist du selber eins. Und jetzt her mit der Zeitung und auf zur Telefonzelle.«

Andy klappte die Glastür auf und kam aus der Zelle heraus. Schweiß stand ihm auf der Stirn.
»Mann, du siehst aus, als hättest du'n Langstreckenlauf hinter dir«, sagte Mats. »Dabei warst du keine zwei Minuten da drin.«
»Kleiner, ich hab's gedreht«, verkündete Andy.
»Na, logisch«, sagte Mats. »Genau wie abgemacht?«
Vorher hatte er sich die Anzeigen von Andy vorlesen lassen. Und sorgfältig eine Frau herausgesucht, die gut zu Carlo passte:

Vanessa (schicker Name),
29 (ganz schön alt, aber Carlo war noch älter),
Schlank (genau wie Carlo),
Lange Haare (genau wie Carlo),
Mit viel Tagesfreizeit (genau wie Carlo),
Verwöhnt Dich fantasievoll (genau was Carlo fehlte).

Andy nickte. »Vanessa« – er sagte das wie ein Zauberwort – »kommt morgen um drei zu euch. Ich möchte, dass Sie vorbeikommen, habe ich ganz locker gesagt. Sie wissen schon, warum. Da sind Sie bei mir genau richtig, hat sie gesäuselt.«
»Das habe ich mir gleich gedacht«, sagte Mats zufrieden. »Deswegen habe ich sie ausgesucht. Hat sie auch was von Fantasie gesagt?«
Andy schüttelte den Kopf.
»Opa sagt immer: Fantasie muss man haben«, erklärte Mats.
»Ach nee. Was hast'n du für'n Opa?«, fragte Andy. »Ihr seid vielleicht 'ne Familie.« Dann grinste er zufrieden. »Sie hat nicht mal nach meinem Alter gefragt. Das heißt, sie hat mich für mindestens achtzehn gehalten.«
»Muss man etwa achtzehn sein, um da anzurufen?«, fragte Mats.
»Glaub schon«, erwiderte Andy.
»Dann frag ich mich um so mehr, wieso ich das letz-

tens für dich machen sollte. Na, egal.« Mats wollte nach Hause. »Ok, Andy, tschüss, bis demnächst.«
»Moment mal«, sagte Andy. »Das Wichtigste kommt erst noch: Hundert pro Stunde, hat sie gesagt. Ohne Sonderwünsche.«
»Wie bitte?!« Mats erstarrte. »Etwa hundert Mark?«
»Genau.«
»Die will Geld haben?! Pro Stunde auch noch?! Einhundert Mark?! Wo gibt's denn sowas!«
»Ist eben nicht billig, wo es sowas gibt, Kleiner«, sagte Andy. »Carlo wird das schon wissen.«
»Bestimmt nicht. Woher soll er sowas wissen? Carlo wurde bisher immer umsonst verwöhnt. Von mir zum Beispiel.«
»Jetzt drehst du endgültig durch, Kleiner, oder?«, meinte Andy.
»Mannomann, einhundert Mark für eine einzige Stunde! Das ist doch Wahnsinn!« Mats schüttelte den Kopf. Da kam ihm ein fürchterlicher Verdacht. »Ist das am Ende sowas wie ... eine Heiratsvermittlung?«
Andy lachte. »Nee, nee, nicht direkt.«
»Dann ist gut. Heiraten ist nämlich nicht drin. Und wenn diese Frau von uns Saft und Kekse umsonst kriegt, wird's dann billiger?«
»Frag sie selbst, wenn sie kommt.«
»Ich mach's trotzdem«, entschied Mats. »Nehm ich

eben das Geld, das ich für den Hamsterkäfig gespart habe.« Er seufzte tief. »Aber nicht alles. Und mehr als eine Stunde darf sie auf keinen Fall bleiben. Darauf werde ich achten. Ok, tschüss, Andy, und danke.« Mats lief los. Nach ein paar Metern drehte er sich noch einmal um und rief: »Ist Heiraten eigentlich auch so teuer?«

»Das wird wohl kaum in Stunden abgerechnet«, erwiderte Andy. »Aber ich könnte mir denken, dass Heiraten auch nicht ganz billig ist.«

»Dann heirate ich garantiert nie!«, versicherte Mats.

Am nächsten Tag um kurz nach drei klingelte es. Carlo war noch beim Arbeitsamt. Um halb vier wollte er wieder zurücksein. Alles lief wie geplant. Mats rannte zur Tür und öffnete.

Draußen stand eine Frau im Mantel mit langen, knallroten Haaren und sagte: »Guten …« – und dann nach einer Pause – »… Tag« und schaute Mats erstaunt an.

»Auch guten Tag«, sagte Mats munter.

»Äh, bin ich richtig bei Tillmann?«, erkundigte sich die Frau. »Bei Carlo Tillmann?«

»Da sind Sie genau richtig!«, verkündete Mats. »Das ist mein Vater! Und Sie sind Frau Vanessa, was?«

Die Frau nickte und schaute Mats skeptisch an.

»Kommen Sie doch bitte herein«, sagte Mats höflich. »Kann ich Ihnen was anbieten? Ein Glas Apfelsaft vielleicht?«

»Nein, danke«, sagte die Frau und zögerte. »Wo ist denn dein Vater?«, fragte sie.

»Keine Sorge, der kommt gleich.« Mats machte eine einladende Handbewegung. »Na los, kommen Sie rein. Den Mantel könnten Sie an den Haken da hängen.«

»Was wird hier gespielt?«, fragte die Frau scharf. »Was ist dein Vater für einer?! Sag mir sofort die Wahrheit, los!«

»Wieso sind Sie denn gleich so sauer?«, fragte Mats missgestimmt zurück.

»Ich möchte wissen, was dein Vater für einer ist, und zwar sofort«, sagte die Frau.

»Keine Angst, Carlo ist ganz in Ordnung«, beruhigte Mats sie. »Er sieht zwar ein bisschen komisch aus und hat keine Arbeit, aber das macht doch nichts, oder? Rote Haare und keine Arbeit haben Sie ja auch.«

»Wer sagt das?«, fragte die Frau.

»Na, sonst hätten Sie doch jetzt keine Zeit, um sich mit anderen Leuten zu treffen, oder.«

»So gesehen …«, sagte Vanessa und trat nun doch ein.

»Das Verwöhnen, das ist sozusagen Ihre Arbeit?«, erkundigte Mats sich.

Die Frau nickte.

»Das dachte ich mir schon«, stellte Mats fest. »Das ist aber keine richtige, normale Arbeit.«

»Normal vielleicht nicht«, sagte die Frau. »Aber Arbeit ist es. Arbeit ist etwas, das man tut und für das man bezahlt wird, oder?«

»Mhm.« Mats überlegte. »Wenn ich also für's, sagen wir mal, Eis-Essen Geld bekäme, wäre Eis-Essen Arbeit, meinen Sie?«

»Genau.«

»Könnten Sie sich das auch mit Lakritzschnecken oder weißer Schokolade vorstellen?«

»Warum nicht«, sagte die Frau. »Aber noch mal zu deinem Vater. Was ist mit ihm?«
»Naja, Carlo geht es nicht gut. Er fühlt sich sehr einsam und hat mir gesagt, dass er jemanden braucht, der ihn verwöhnt. Da bin ich auf die Idee gekommen, Sie mal herzubestellen.«
»Du?! Weiß er denn etwas davon?«
»Nein, Sie haben's erfasst.« Mats zwinkerte Vanessa durch seine dicken Brillengläser verschwörerisch zu. »Es ist eine Überraschung! Prima Idee, was?«
»Ich glaube, ich nehme doch ein Glas Apfelsaft«, sagte die Frau. Sie folgte Mats in sein Zimmer, zog den Mantel aus, legte ihn über Mats' Sessel und setzte sich auf den Maltisch.
»Waoh«, sagte Mats, als er mit dem Saft hereinkam. In diesem Moment fielen ihm nämlich ihre Schuhe auf. Schuhe wie eine Rutsche. Wo bei Rutschen die

Leiter ist, befand sich ein hoher, dünner Absatz. Ein richtiger Schuhpfeiler.

»Du hältst das Glas schief«, sagte die Frau. »Und schüttest den Saft gerade auf deine Ritterburg.«

Ihre Beine waren von einer Strumpfhose mit schwarzen Punkten bedeckt. Darüber trug sie einen roten Minirock und darüber eine schwarz glänzende Bluse mit einem Ausschnitt, der den oberen Teil vom Busen freiließ.

Mats hielt das Glas wieder gerade. »Ziehen Sie sich immer so an?«, fragte er.

»Nein«, sagte die Frau. »Nur bei der Arbeit.«

»Bei Ihrer Verwöhn-Arbeit?«

»Richtig.«

»Sie sollten die ganze Sache mal Carlo erklären«, sagte Mats. »Der wird staunen, wenn er erfährt, mit was für angenehmen Sachen man Geld verdienen kann. Vielleicht hat er so was auch drauf. Ach so, eins müssen Sie noch wissen: Mehr als hundert Mark sind nicht drin. Länger als eine Stunde können Sie auf keinen Fall bleiben. Aber die Zeit läuft erst, wenn Carlo nach Hause kommt, einverstanden?«

»Okay«, sagte die Frau.

Als Carlo die Wohnungstür aufschloss, hatte Mats Vanessa schon eine Menge erzählt. Soeben war er beim Hamsterkäfig-Problem angekommen.

»Der Hamster muss es richtig gut haben«, erklärte

er. »Er soll glücklich sein. Und dazu braucht er einen richtig großen Käfig. Halb so groß wie das Zimmer. Mindestens.«

»So groß?«, fragte sie.

Mats nickte. »Der Hamster braucht doch Auslauf. Er soll nicht hin- und herrennen müssen wie ein Puma im Zoo. Das Problem ist nur, Carlo sagt, so einen Käfig gibt es nicht. Und wenn es ihn gäbe, wäre er viel zu teuer. Und überhaupt sei so ein großer Hamsterkäfig Quatsch. Findest du das etwa auch?«

»Na ja. Nicht direkt, aber ...«

»In Wirklichkeit erzählt Carlo das alles nur, weil er nicht will, dass ich überhaupt einen Hamster kriege«, erklärte Mats. »Ich kenne ihn doch. Und jetzt muss ich so lange weitersparen, bis ich mir den Käfig ganz allein leisten kann. Gemein, oder?« Er seufzte tief. »Das kann noch ewig dauern.«

»Bezahlst du meinen Besuch auch vom Hamsterkäfig-Geld?«

Mats nickte.

»Dann musst du wieder von vorn anfangen mit dem Sparen, was?«

»Vielleicht gibt Carlo mir das Geld wieder, wenn er nach deinem Besuch nicht mehr so einsam ist wie vorher«, sagte Mats.

Sie hörten Carlo in der Küche. Gleich darauf trat er ins Zimmer. »Hallo, ich hab Kuchen mitgebracht.«

Er verstummte und schaute den Besuch erstaunt an. »Oh, hallo Vati«, sagte Mats und zu der Frau: »Jetzt hätte ich doch fast vergessen, dass du wegen ihm gekommen bist.«

»Wegen mir?«, fragte Carlo und guckte noch erstaunter. Die Frau stand von Mats' Maltisch auf und streckte Carlo die Hand hin.

»Äh, hallo«, sagte Carlo und nahm sie. »Carlo Tillmann. Und wer sind Sie?«

»Das ist …«, sagte Mats.

»Monika«, sagte die Frau.

»Monika«, fragte Mats verblüfft. »Ich dachte, Sie heißen Vanessa. In der Anzeige stand doch Vanessa.«

»Ach, das ist nur so eine Art Künstlername«, sagte die Frau.

»Was für eine Anzeige?«, fragte Carlo. Er hielt immer noch Monikas Hand. »Was ist hier los?«
»Da staunst du, was!«, rief Mats. »Ich hab doch gesagt, ich übernehme das!«
»Was?«
»Na, was wohl. Denk mal scharf nach! Was wolltest du denn gestern unbedingt?«
»Oh Gott!« Carlo ließ Monikas Hand los, stakste über die klebrige Ritterburg und sank mit dem Kuchen auf Mats' Bett. »Das gibt's doch gar nicht.« Er schaute zu der Frau und sagte: »Entschuldigung, ich ...«
Aber sie winkte ab. »Aber das macht doch nichts. Ihr Sohn hat's gut gemeint.«
»Was habt ihr denn?«, rief Mats. »Stimmt irgendwas nicht?«
»Ich glaube, ich werde mal wieder gehen«, sagte die Frau. »Hat mich gefreut, Sie kennen zu lernen. Und dich auch, Mats. Bist ein netter Junge.«
»Natürlich«, sagte Mats. »Aber warum so eilig plötzlich? Was ist mit der Verwöhn-Stunde? Und wollen wir nicht als Erstes mal den Kuchen essen?«
»Ein anderes Mal vielleicht«, sagte die Frau und schüttelte Carlo zum zweiten Mal die Hand. »Auf Wiedersehen.«
»Wiedersehen«, erwiderte Carlo. »Sie, äh ... können aber gern zum Kaffee bleiben.«

»Vielen Dank.« Die Frau lächelte. »Ich hatte schon Apfelsaft.«
Sie nahm ihren Mantel und ging in den Flur. Mats sprang hinter ihr her. »He, Moment mal, das gilt nicht!«
»Ich habe leider keine Zeit mehr«, sagte Monika, als sie die Wohnungstür öffnete. »Ich muss noch arbeiten, weißt du.« Sie zog ein Portemonnaie aus der Tasche und gab Mats fünfzig Mark. »Für den Hamsterkäfig.« Dann war sie weg.
Mats guckte verdutzt auf den Geldschein in seiner Hand. So stand er eine kleine Weile im Flur. Schließlich schüttelte er den Kopf und kehrte in sein Zimmer zurück. Carlo saß immer noch auf dem Bett.
»He, Carlo, ist das nicht verrückt«, sagte Mats nachdenklich. »Erst wollte sie Geld, wenn sie bleibt, und jetzt ist sie nicht geblieben und hat Geld hier gelassen. Was sagst du dazu?«
»Ich glaube, du musst mir einiges erklären«, sagte Carlo. »Und danach muss ich dir einiges erklären. Und das wird länger dauern.«

Zurück am Schreibtisch Nachdem ich die Geschichte aufgeschrieben hatte, bestand Mats darauf, dass ich sie ihm vorlas. Carlo und er hörten gespannt zu, während Andy lustlos in einem Comic blätterte, den er im Regal gefunden hatte, und so tat, als ginge ihn die Sache nichts an. Als ich fertig war, sagte er ohne aufzuschauen: »Das mit dem Anruf war Erpressung.«

»Quatsch!«, rief Mats. »Das war Nächstenliebe.« Und zu mir gewandt: »Naja. Also ein paar Sachen hast du erzählt wie ein echtes Windhuhn.«

»Wieso?«, fragte ich beleidigt. »Was meinst du damit?«

»Frag nicht so scheinheilig. Zum Beispiel die Sache mit dem Schnitt, den ich mir geholt habe, als ich die Scherben aufsammeln wollte.«

»Aber so hast du es mir doch erzählt«, sagte ich.

»Nee, nee«, sagte er streng. »Das hast du total verdreht. Du hast so getan, als hätte ich mich gar nicht verletzt.« Wütend hielt er mir einen Finger ganz dicht unter die Nase. »Siehst du die Narbe?«, fragte er.

Ich schaute genau hin, aber ich sah nichts.

»Siehst du sie?«, wiederholte Mats heftig. »Wenn

man so eine Narbe hat, ist dann vorher fast gar nichts passiert?«

»Aber da ist doch …«

»Und geheult habe ich auch nicht! Vielleicht ein einziges Mal kurz ein bisschen vor Schmerzen leise gestöhnt.« Nach einer Kunstpause stellte Mats streng fest: »Du warst parteilich. Dabei solltest du nichts machen, außer die Geschichte genauso aufschreiben, wie ich sie erzählt habe.«

»Ich war überhaupt nicht parteiisch«, versicherte ich. »Ich habe nur ein paar Formulierungen von dir geändert. Weil sie nicht druckreif waren oder unverständlich.«

»Jetzt gibst du's zu«, sagte Mats. »Lass so was beim nächsten Mal sein. Falls ich dich noch ein nächstes Mal lasse.« Er wandte sich Carlo und Andy zu. »So, einer von euch beiden ist dran!«

»Nee, danke«, brummte Andy und blätterte seinen Comic um.

»Dann eben du, Carlo!« Mats stieß seinen Vater an, der bis jetzt schweigend zugehört und mir zweimal verständnisvoll zugeblinzelt hatte.

»Na gut«, sagte Carlo. »Ich werde von der Sache mit den Probehaustieren erzählen. Wenn ich daran denke, wundere ich mich immer noch darüber, wie ruhig ich insgesamt geblieben bin. Ich hätte von Anfang an ganz anders durchgreifen müssen.«

»Pah.«

»Also, hört zu.«

»Aber immer schön bei der Wahrheit bleiben«, mahnte Mats.

»Ganz bestimmt«, versicherte Carlo und Andy murmelte: »Voll langweilig hier.«

Wo ist Siebenstein? Einmal saß mein Sohn am Küchentisch und war wütend.

»Jetzt habe ich das Geld für den größten Hamsterkäfig, den die Welt je gesehen hat, endlich zusammen und was passiert?«, sagte er. »Mein toller Herr Vater verbietet mir den Hamster dazu!«

»Zum ich weiß nicht wievielten Mal«, sagte ich, während ich mit einer Tasse Kaffee in der Hand in der Küche hin- und herging. »Wenn du ein Haustier willst, egal ob Hamster, Goldfisch oder Afrikanische Streifenantilope, dann ist das nicht nur deine Sache, sondern auch meine.«

»Zum ich weiß auch nicht wievielten Mal«, erwiderte Mats. »Ich kaufe den Hamster von meinem Geld. Ich bezahle den Käfig. Auch von meinem Geld. Ich habe so lange gespart, bis ich mir einen leisten kann, der groß genug ist. Einen gerechten Hamsterarten-Käfig.«

Mats ist ein Meister im Wortverdrehen. Ich habe meine liebe Mühe, ihm Begriffe beizubringen, die aus mehr als einem Wort bestehen.

»Einen artgerechten Hamsterkäfig, meinst du«, korrigierte ich.

»Sag ich doch. Außerdem kommt der Käfig in mein Zimmer. Was hast du also mit der ganzen Sache zu tun, frage ich mich, außer dass du wie immer unbedingt der Boss sein willst?!«

Typisch Mats. Er will natürlich selber der Boss sein. Es gibt Momente, da muss ich ihm zeigen, dass das nicht funktioniert. So ein Moment war nun gekommen. Ich lehnte mich gegen den Küchenschrank und fragte:

»Und wer bezahlt das Futter für den Hamster? Wer macht den Käfig sauber? Wer geht mit dem Hamster zum Tierarzt, wenn er Husten hat? Wer besorgt jemanden, der sich um das Tier kümmert, wenn wir wegfahren? Und wer hat es am Hals, wenn deine Hamster-Begeisterung nachlässt?«

»Ich, ich, ich und ich«, sagte Mats und rückte würdevoll seine Brille zurecht. »Ich werde meinen Hamster lieb haben, so lange ich lebe, das weißt du ganz genau. Und überhaupt, was soll der Hamster an deinem Hals, frage ich mich? Da ist rein total gar nichts,

was einen Hamster interessiert. Wo soll er sich da außerdem festhalten?«

»Deine Witze bringen's nicht«, erwiderte ich und nippte abweisend an meinem Kaffee.

»Was für Witze?«, fragte er trotzig, aber ich reagierte einfach nicht darauf. Ich hatte vor, die Sache in der Hand zu behalten.

»Und außerdem haben Hamster gar keinen Husten«, sagte er.

Ich ging zu Mats hinüber, stellte die Tasse auf dem Küchentisch ab, stützte die Arme darauf, schaute meinen Sohn an und sagte: »So, ganz konkret jetzt: Du bezahlst immer das Hamsterfutter, ja?«

»Natürlich«, nickte er. »Wozu habe ich denn im Lotto gewonnen.«
»Ich dachte, von dem Lottogewinn wolltest du den größten Hamsterkäfig kaufen, den die Welt je gesehen hat.«
»Äh, reicht der nicht für Käfig und Futter?«, erkundigte er sich. Das war auch typisch Mats. Bei ihm geht immer beides, vieles und alles zusammen.
»Nein, dafür ist der Gewinn zu klein!«, erklärte ich ihm. »Ein Hamster braucht mehrere Jahre lang Futter.«
»Dann gebe ich eben noch meine ganzen Ersparnisse und die fünfzig Mark von Vanessa dazu.«
»Dann hast du keinen Pfennig mehr für irgendetwas anderes.«
»Können wir für das Futter nicht deinen Anteil nehmen? Du hast doch auch was von meinem Hamster. Ich glaube nicht, dass du dich noch mal einsam fühlst, wenn ein Hamster bei uns wohnt.«
»Vergiss es«, sagte ich. »Mein Anteil ist mein Anteil. Davon kaufe ich kein Hamsterfutter.«
»Bier findest du wohl besser, was?«, fragte er schnippisch. Ich achtete einfach nicht darauf. Ich hatte mir vorgenommen, ihm etwas klar zu machen und war fest entschlossen nicht lockerzulassen, bis er es kapiert hätte. Diesmal wollte ich mich von ihm nicht aus dem Konzept bringen lasssen.

»Selbst mit meinem Anteil würde es nicht reichen«, sagte ich. »Das Geld wäre ruckzuck aufgebraucht und du müsstest in Zukunft dein ganzes Taschengeld für Hamsterfutter ausgeben.«

»Mach ich«, nickte Mats.

»Das bedeutet: keine Fußballbilder zum Sammeln mehr vom Kiosk«, erläuterte ich. »Keine Überraschungseier mehr zwischendurch. Kein Kaugummi aus dem Automaten. Kein …«

»Äh, könntest du mir das Taschengeld nicht etwas erhöhen?«

Ich schüttelte den Kopf.

»Ich meine, schließlich ernähre ich dann ja jemanden«, erklärte Mats. »Du kriegst doch auch Kindergeld für mich.«

Ich muss gestehen, einen Moment lang war ich verdutzt. Dann machte ich eine wegwerfende Handbewegung und sagte: »Ach, die paar Groschen. Du kostest viel mehr.«

»Ich bin also ein Koster für dich, was!«, sagte Mats wütend.

»Fang nicht so an«, antwortete ich genauso wütend. »Du weißt genau, dass es mir nicht darum geht, wie viel du mich kostest.«

»Genauso ist es bei mir mit dem Hamster auch«, sagte Mats. »Ich werde meinen Hamster lieb haben, zweifelst du etwa daran?«

Jetzt hatte er es geschafft. Mir fiel keine Antwort ein. Am liebsten hätte ich laut »Scheiße!« geschrien. Aber das tat ich nicht. Erstens, weil es nicht so richtig zum Hamster-Liebhaben passte. Und zweitens, weil ich Mats in dieser Hinsicht nicht anregen will.
»Da kann ich einfach nicht danach gucken, wie viel er kostet«, sagte Mats treuherzig. Er wusste genau, dass wir im Ring waren, im Gesprächs-Box-Ring. Und dass der Ringrichter mich angezählt hatte. Seine Treuherzigkeit und der sanfte Blick, den er nun aufsetzte, waren gewissermaßen nichts anderes als der Schwinger, mit dem er mich endgültig auf die Bretter schicken wollte.
»Liebe hat nichts mit Geld zu tun«, erklärte er. »Außer vielleicht bei Leuten wie Vanessa. Aber du hast mir ja selbst stundenlang erklärt, dass es da eigentlich gar nicht um Liebe geht.«
»Zurück zum Hamster«, sagte ich.
»Richtig. Zurück zum Hamster.« Mats nickte siegesgewiss. »Ich weiß nämlich schon, wie ich das Hamsterfutter kaufen und trotzdem Taschengeld haben kann.«
»Und wie?«, fragte ich.
»Ich teile einfach mein Essen mit ihm.« Triumphierend schaute er mich an. »Dann kriege ich weiter Taschengeld, oder etwa nicht?«
Meine Güte. Ich brauchte wieder ein bisschen Zeit,

um mir etwas einfallen zu lassen. »Am Ende möchtest du wohl noch, dass das Viech mit am Tisch sitzt.«

»Haha«, machte Mats.

»Nein, mein Lieber, das funktioniert nicht«, sagte ich. »Hamster essen übrigens auch ganz andere Sachen als wir.«

»Mensch, Carlo, so mein ich das doch gar nicht.« Er schüttelte tadelnd den Kopf. »Du kapierst wirklich gar nichts. Ich meine, ich teile mit ihm das, was mein Essen kostet. Verstehst du?«

»Ach nee«, sagte ich und kniff ein Auge zu. Das war wirklich einfallsreich von ihm. Das musste ich zugeben. »Ganz schön raffiniert.«

»Wieso raffiniert? Das ist doch ganz leicht. Also, pass auf: Wenn ich bisher drei Portionen Spaghetti gegessen habe, dann nehme ich in Zukunft nur noch zwei. Und von dem, was du dabei einsparst, wird Hamsterfutter gekauft. Kapito?«

»Kapito«, sagte ich. »Interessante Rechnung.«

»Was kostet eine Portion Spaghetti mit Tomatensoße?«, erkundigte er sich.

Mats hat von Geld nicht die geringste Vorstellung.

»Was weiß ich. Das kann man so nicht sagen«, erwiderte ich.

»Hast du denn überhaupt keine Ahnung von Geld?«, fragte er.
»Man kauft nicht einzelne Portionen Spaghetti mit Tomatensoße ein«, erklärte ich.
»Wir könnten auch einfach für die Soße ein paar Tomaten weniger nehmen«, sagte Mats. »Das wäre glatt noch viel besser. Dann kann ich weiter drei Portionen essen, und es bleibt trotzdem Geld übrig.«
»Du bist ja ein richtiger Rechenkünstler«, sagte ich.
»Du anscheinend nicht«, erwiderte er. »Aber was Tomaten kosten, weißt du ja wohl oder?«
Ich glaube, ich schaute allmählich etwas verdrossen aus der Wäsche. Mein Sohn begann mir auf die Nerven zu gehen.
»Also, wie viel sparen wir, wenn wir pro Essen zwei Tomaten weniger nehmen?«, fragte Mats.
Ich schaute hilfesuchend an die Decke.
»Okay, okay«, sagte Mats geduldig. »Noch ein Beispiel: Schnitzel. Ich esse kein großes Schnitzel mehr, sondern …«
»Schluss jetzt!«, rief ich. »Ich weiß ganz genau, wie du's meinst!«
»Hey, wieso sagst du's dann nicht?«, fragte er verwundert. »Du lässt mich hier erklären und erklären …«
»Das ist eine Milchmädchenrechnung!«, schimpfte ich. »Sie läuft genau auf das hinaus, was ich schon am

Anfang gesagt habe: Du hast den Hamster, und ich bezahle ihn.
»Milchmädchenrechnung?«, seufzte er. »Ich glaube, du hast's doch immer noch nicht kapiert. Aber meinetwegen, nehmen wir halt Milch. Oder noch besser Bier, he? Da bist du doch Experte. Also, du kaufst nicht mehr einen Kasten pro Woche, sondern nur noch …«
»Du machst mich wahnsinnig!«, schrie ich. »Schluss jetzt! Aus, vorbei! Ich will kein Wort mehr hören, klar?! Nicht von Milch, nicht von Bier, nicht von Schnitzeln und auch nicht von Spaghetti mit Tomatensoße! Ich will überhaupt nichts mehr von Lebensmitteln hören, klar?!«
Leider hatte mein Sohn mich nun doch aus der Fassung geschraubt.
»Wieso schreist du so?«, fragte er beleidigt. »Wahrscheinlich, weil du nicht Recht hast, was? Opa sagt, nur Hornochsen schreien, um Recht zu bekommen.«
»Ah, Opa nun wieder.« Ich hörte mich selbst laut zischend die Luft einziehen. Und ganz kurz dachte ich: Wie ein Hornochse.
Mats fuhr fort: »Ja, und Opa sagt übrigens auch, wo's für einen reicht, reicht's auch für zwei.«
»Opa werde ich mir demnächst mal vorknöpfen«, knurrte ich. »Darauf kannst du einen lassen. Er redet zu viel von Hornochsen.«

»Ich glaube, damit meint er Menschen. Da wird ein klitzekleiner Hamster erst recht kein Problem sein, oder?«
Das schraubte mich wieder in die Fassung zurück. Genau, es ging doch um nichts als einen kleinen Hamster. Was sollte der ganze Stress? Alles war doch ganz einfach. Ich brauchte nur »Nein« zu sagen. Auf mich kam es an, ich war der Erziehungsberechtigte. Und Geduld hatte ich genug bewiesen. Plötzlich war ich enorm ruhig.
»Ach was«, sagte ich. »Ein klitzekleiner Hamster ist absolut kein Problem.«
»Schön«, sagte Mats nachsichtig, so als wäre er der Erziehungsberechtigte. »Schön, dass wir uns endlich einig sind. Also abgemacht? Wenden wir den Essen-Kosten-Teilungs-Trick an?«

»Nein«, sagte ich freundlich. »Wir wenden ihn nicht an. Und auch keinen anderen. Weil du nicht kapieren willst, was ich sage. Und damit basta.«
Mats stand vom Küchentisch auf. Er rückte seine Brille zurecht, das heißt, er rückte sie schief, denn sie hatte richtig gesessen. Er stemmte die Arme in die Hüften. Ich konnte zusehen, wie auf seinem Gesicht ein Gewitter aufzog.
»Ich kriege also keinen Hamster?«
»Nein.« Ich schüttelte den Kopf.
»Obwohl ich endlich genug Geld für den Käfig zusammen habe?!«
»Mach halt andere tolle Dinge damit.«
»Und obwohl ich« – Mats' Stimme zitterte vor Empörung – »obwohl ich sogar ganz alleine für das Futter sorgen würde?!!«
»Stimmt doch gar nicht«, sagte ich.
»Und obwohl Anna und Katharina jede ein Kaninchen haben?!!«
»Die leben aber nicht hier«, sagte ich ungerührt.
»Sie sind aber meine Schwestern und sie haben ein Haus und wir nur eine blöde Wohnung und jede hat ein Tier und ich krieg jetzt auch eins!!«
Er sprang hoch und landete mit beiden Füßen auf dem Küchenboden. Der Sprung erzeugte ein dumpfes Geräusch und der Boden erzitterte. Meine Kaffeetasse rutschte an die Tischkante. Mats ver-

wandelte sich in Rumpelstilzchen. Er sprang und trampelte und trampelte und sprang. Und dabei schrie er: »Weißt du, was du bist?! Ein …«

»Pass auf, die …«

… Tasse, wollte ich sagen, da zerschellte sie schon am Boden.

»… Hamster-Verbieter!«, schrie Mats. »Ein Falschkosten-Lügner!«

Ich verschränkte die Arme vor dem Bauch. Ich blieb ganz ruhig, wie es sich für einen erfahrenen Vater gehört.

»Was hältst du davon, wenn du mal für eine Weile in deinem Zimmer verschwindest?«, fragte ich freundlich und lächelte.

»Wenn du es bestimmst, nicht!«, schrie Rumpelstilzchen. »Du, du … Bossgesicht!«

Aber er rannte trotzdem in sein Zimmer. Wo hätte er sonst hin sollen. Zur Auswahl standen schließlich nur noch meins, der Flur oder das Bad. Er schaffte es nicht mal, die Tür richtig zuzuknallen, so wütend war er.

Ich strich mir nachdenklich über das Kinn und nahm mir eine neue Tasse aus dem Küchenschrank.

Hatte ich etwas falsch gemacht?

Ach was.

Oder doch?

Nein. Mats musste einfach einmal kapieren, dass

nicht immer alles nach seinem Willen ging.

Kurze Zeit später klopfte ich an die Tür seines Zimmers.

Keine Antwort.

Ich klopfte noch mal.

Nichts.

Ich drückte behutsam die Klinke hinunter und spähte durch den Spalt.

»Draußen bleiben!«, rief eine mürrische Stimme.

»He, Mats«, sagte ich vorsichtig. »Kann ich rein?«

»Nein!«

»Bitte.«

»Nein!«

»Bitte.«

»Nein.«

»Bitte.«

»Nur, wenn du's zurücknimmst!«

»Was?«

»Na, was wohl!«

»Ich weiß es wirklich nicht.«

»Das Hamsterverbot natürlich«, sagte Mats finster. »Das hat der Herr Boss wohl schon wieder vergessen, was?«

»Müsstest du nicht vorher das Bossgesicht und so weiter zurücknehmen?«, fragte ich geschickt.
»Komm erst mal rein«, sagte Mats.
Ich setzte mich auf seinen Maltisch. Mats saß auf dem Boden und baute etwas aus pädagogisch wertvollen Holzklötzen. Normalerweise konstruierte er ganz ansehnliche Gebäude, aber was er diesmal auftürmte, sah nicht besser als ein Bunker aus.
»Und Opa sagt immer: Geld regiert die Welt«, murmelte er finster. »Der hat noch nichts von einer Welt gehört, in der du der Boss bist.«
»Ich will gar nicht der Boss sein«, sagte ich.
»Ach nee. Nur alles bestimmen. Mist, wo sind denn schon wieder die Halbbögen hin.« Er wühlte in seiner großen Kiste herum, und mehrere hölzerne Halbbögen lagen direkt vor ihm auf dem Boden. Ich hob einen auf und gab ihn Mats. Kommentarlos türmte er ihn auf sein seltsames Bauwerk.
»Ich will nicht alles bestimmen«, sagte ich. »Ich will nur bei dem mitbestimmen, was uns beide angeht.«
»Jetzt geht wieder alles von vorne los«, murmelte er und verbarrikadierte das einzige Fenster des Bunkers.
Ich rückte mit meinem großen Trumpf heraus. Ich war gespannt, wie Mats darauf reagieren würde. »Ich habe den Hamster noch gar nicht endgültig verboten«, sagte ich beiläufig.

Er tat so, als würde ihn das nicht erschüttern, aber ich sah, wie er die Ohren spitzte. Sie wurden lang und spitz wie die Ohren von Mr. Spock.
»Es ist nur so, dass er uns beide gleich viel angeht.«
»Soso«, murmelte Mats.
»Egal, ob du ihn bezahlst oder nicht. Egal, ob er in deinem Zimmer lebt oder nicht. Denn wenn ein lebendiges Wesen in unsere gemeinsame Wohnung einzieht, müssen wir auch gemeinsam darüber entscheiden.«
Ich schaute Mats an und horchte meiner kleinen Rede hinterher. Ich war richtig stolz auf sie.
»Und was wäre, wenn du eine neue Freundin hättest?«, fragte Mats. »Und die wollte bei uns wohnen?«
»Dann würde ich dich fragen«, versicherte ich.
»Und weißt du, was ich sagen würde?« Mats rappelte sich umständlich hoch und baute sich vor mir auf.
Ich zuckte die Schultern: »Wahrscheinlich nein.«
Er schüttelte den Kopf: »Nicht sofort. Erst würde ich sagen: Und wer bezahlt das Futter für sie? Wer macht ihren Käfig sauber? Wer geht mit ihr zum Arzt, wenn sie Husten hat? Wer besorgt jemanden, der sich um sie kümmert, wenn wir wegfahren? Und wer hat sie am Hals, wenn deine Neue-Freundin-Begeisterung nachlässt?«
Ich lachte.

Mats fragte: »Was ist daran lustig? Worüber lachst du?«
Dann kicherte er.
»Ich mache dir einen Vorschlag«, sagte ich. »Du holst dir einfach mal eine Zeitlang ein Tier zur Probe. Von mir aus auch zwei. Zum Beispiel Clever und Smart von Anna und Katharina. Die könnten wir in Pflege nehmen, wenn deine Schwestern im Urlaub sind. Einfach damit wir merken, wie viel Arbeit so ein Haustier macht.«
»Oder wie wenig«, sagte Mats.
»Das werden wir ja dann sehen.«
»Hm«, machte Mats. »Könnte es vielleicht auch Hilde sein? Hilde ist das Meerschwein von meinem Freund Linus. Das wäre fast wie mit einem Hamster.«
»Warum nicht«, sagte ich.
»Oder vielleicht Siebenstein?«, erkundigte sich mein Sohn.
»Wer ist das denn?«
»Das ist der Wellensittich von Luise. Der ist unheimlich nett.«
»Okay«, sagte ich. Ich war großzügig gestimmt.
»Und wie ist es mit Rantanplan?«
»Der Hund von Andys Freund Tom?«, fragte ich aufgeräumt zurück. »Von mir aus könnte der auch mal kommen.«

»So machen wir's«, erklärte Mats freudig, und in seinen Augen leuchtete ein Feuer. Man hätte eine Kerze dran anzünden können. Oder eine Lunte.
»Prima Idee! Hätte glatt von mir sein können. Wir laden uns einfach mal ein paar Tiere zur Probe ein!«
»Bei Gelegenheit«, sagte ich.
»Genau, bei Gelegenheit«, wiederholte er. Sein Blick fiel auf den Holzbunker. Er holte aus, trat dagegen und das Bauwerk fiel prasselnd in sich zusammen.
»Ist irgendwie nichts geworden«, sagte er.

Ein paar Tage später kam ich schwer bepackt vom Einkaufen zurück. Es war Samstag. Samstagvormittags gehe ich meistens einkaufen. Mats kommt manchmal mit und manchmal nicht. Diesmal hatte er zu Hause bleiben wollen.
Im Treppenhaus hörte ich Stimmen. Laute Stimmen. Stimmen und Bellen. Als ich mich unserer Wohnung näherte, stellte ich fest, dass es sich um markerschütterndes Schreien und Kläffen handelte. Aber erst auf dem letzten Absatz vor unserer Tür wurde mir klar, wo der Lärm her kam.
»Rantanplan!«, schrie jemand. »Fuß! Sofort kommst du bei Fuß!«
»Ich hab doch gesagt, du sollst ihn festhalten!«
»Wenn er Cleo was tut, bring ich dich um! Ich versprech's dir, ich kill dich! Cleo! Wo willst du hin?!«

Dann ein Knall und ein Prasseln. Wie von etwas, das herunterfällt und zerspringt.
Es wirkte auf mich wie ein Startschuss.
Ich sprintete mit meinen Einkaufstüten in absoluter Rekordzeit die letzten Treppenstufen hoch. Oben setzte ich sie hastig ab und nestelte den Wohnungsschlüssel hervor. Natürlich fiel er mir runter. Als ich mich bückte, hörte ich hinter der Tür Füße vorbeitrappeln. Eilige Füße. Viele Füße.
»Cleeoo!«, rief eine Stimme.
»Wo ist Siebenstein?«, fragte eine leise Stimme.
»So ein Mist!« Das war Mats. »Schaut euch das an. Da kommt Fetty! Wie ist der denn ausgebüchst?«

»Eklig!«, schrie jemand.
»Haltet ihn fest!«
»Den fass ich nicht an!«
»Was ist da drin los?«, schrie ich. Endlich bekam ich die Tür auf. Ich stürmte in den Flur und das Erste und überraschenderweise Einzige, was ich in diesem Augenblick sah, war ein unglaublich großer, grünbräunlicher Frosch. Er hockte auf der Schwelle zur Küche und glotzte mich an.
Ich erstarrte.
Dann machte das Viech »Quuook!« und hopste mit einem einzigen riesigen Satz auf mich zu. Mir blieb fast das Herz stehen. Und wieder: »Quuook!« Eine richtige Bassstimme.
Links von mir schrilles Bellen. Rechts rumorte es aus der Küche. Jemand knallte die Tür von Mats' Zimmer zu.
»Wehe, hier kommt noch mal jemand rein!«, schrie eine Stimme.

»Der hat's hinter sich!«, schrie eine zweite.
Sie hörten sich nach Anna und Katharina an.
Der Radau in der Küche steigerte sich. Irgendwer fauchte, schrie und kläffte dort, als gelte es einen Wettbewerb zu gewinnen.
Du musst etwas tun, dachte ich, während ich immer noch in der geöffneten Wohnungstür stand und gelähmt auf den Riesenfrosch starrte, der mich mit seinen Glubschaugen unfreundlich musterte. Du musst etwas tun. Etwas tun. Aber was? Ein mir völlig unbekannter Junge stürzte aus der Küche in den Flur und unterbrach jäh meinen Versuch, mich kühl zu konzentrieren. »Mach die Tür zu! Mach sofort die Tür zu!«, brüllte er.
Automatisch gab ich der Tür einen Stoß und verhinderte so im letzten Moment, dass der Riesenfrosch ins Treppenhaus entkam. Sein zweiter Sprung endete mit einem dumpfen Aufprall an der Tür. Er plumpste schwer zu Boden und guckte mich verdutzt und vorwurfsvoll an. Während wir einander fixierten, registrierten meine Ohren ein Fauchen. Aus der Küche. Eine Sekunde später hechtete sich der Junge wie ein Fußballtorwart auf den Frosch und begrub ihn unter seinen ausgestreckten Händen. »Hab ihn!«, keuchte er triumphierend.
Das Fauchen aber hatte sich in derselben Sekunde bedrohlich genähert, ein gefährlicher, heiserer Ton,

der mich durchfuhr wie ein elektrischer Schlag. Schon kam ein kleines, graues Ungeheuer aus der Küche geflitzt und raste mit gesträubten Nackenhaaren an mir vorbei. Hinter ihm her hetzte wild kläffend eine Art dunkles Fellbrikett auf krummen Beinen. Seine Schlappohren flatterten wie Segel neben ihm her. Wie Hürdenläufer setzten die beiden über den am Boden liegenden Jungen plus Ochsenfrosch hinweg und rasten in mein Zimmer.

»Cleeoo!«, schrie ein Mädchen, den beiden dicht auf den Fersen. Ich erkannte Bea, eine von Mats' Freundinnen. Sie rannte hinter dem Dackel her und fuchtelte unheilvoll mit einem riesigen Plastiksäbel.

»Wenn ich den verdammten Köter kriege…«
»Pass auf, das …«
… Telefon, wollte ich sagen, doch als Bea über den Ochsenfroschjungen hinwegsetzte, wischte sie es von der Ablage. Es fiel mir genau vor die Füße. Der Hörer kullerte zur Seite, machte »Bröp«, dann war Ruhe in der Leitung.
Der Letzte, der aus der Küche gesprintet kam, war Andys Freund Tom. »Hallo Carlo«, keuchte er, als er an mir vorbeilief, und schaffte es sogar beim Sprung kurz schief zu lächeln.

»Was …«, fragte ich, aber da waren alle schon in meinem Zimmer verschwunden und für einen seltsamen, kleinen Augenblick herrschte Ruhe. Ich stand im Flur, vor mir das verstummte Telefon.

Der Junge mit dem Monsterfrosch rappelte sich auf und kehrte wortlos in die Küche zurück.
»Wer hat mein Terrarium kaputt gemacht?! So eine Schweinerei! Mein Terrarium ist im Eimer!«, begann er sofort zu schimpfen. Aus meinem Zimmer tönte Scheppern, Kläffen und Brüllen.
Schau doch mal rein in dein Zimmer, riet mir eine innere Stimme, vielleicht passieren da Dinge, die besser nicht passieren sollten. Eine zweite raunte: Wirf lieber einen Blick in die Küche. Da ist jemand, der ein kleines Monstrum besitzt, sehr unzufrieden. Eine dritte flüsterte: Am besten, du haust einfach wieder ab.
Mir gefiel der dritte Vorschlag am besten, aber da stieß mich jemand an und fragte leise: »Wo ist Siebenstein? Hast du Siebenstein gesehen?«
Luise, eine andere von Mats' Freundinnen, stand neben mir und schaute traurig zu mir hoch. Merkwürdig, ich hatte sie bis eben gar nicht bemerkt.
Ich schüttelte den Kopf. »Nein, habe ich nicht. Wer ist denn Siebenstein?«
»Mein Wellensittich«, sagte Luise und schluckte. In ihren Augen schimmerten Tränen. In diesem Moment beschloss ich mutig, Siebenstein zu finden, egal was passierte. Ich nahm Luise an der Hand und fragte: »Warst du schon in der Küche?«
Sie nickte.

Ich holte tief Luft, beschloss den Tumult in meinem Zimmer erst einmal zu ignorieren, und sagte entschlossen: »Dann gehen wir da jetzt noch einmal gründlich suchen.«
Zusammen betraten wir die Küche. Der Monsterfrosch lugte uns griesgrämig zwischen den beiden Händen des unbekannten Jungen entgegen. Wie eine dicke Gurke aus einer Klappstulle. Der Boden sah aus, als sei ein Orkan darüber hinweggefegt. Er war mit Scherben übersät. Ein verbogener, metallener Rahmen mit geborstenen Scheiben lag neben dem Tisch wie ein zerstörtes Gewächshaus.

»Wo soll ich jetzt mit Fetty hin?«, fragte der Junge mich wütend. »Wie soll ich ihn vor all den Monstern hier schützen? Können Sie mir das mal verraten?!«
Da sah ich Mats. Er stand an den Geschirrschrank gelehnt, zupfte an seiner Nackensträhne und sagte: »Reg dich nicht künstlich auf, Wieland.«
Der fremde Junge namens Wieland streckte die Hände mit dem Monsterfrosch darin in meine Richtung und verkündete finster: »Sie müssen alles bezahlen!«
»Quuook!«, bekräftigte der Frosch.
Mats schien mich jetzt erst zu bemerken. »Hallo Carlo«, sagte er. »Wie, äh ... war's beim Einkaufen?«
»Sie bezahlen das Terrarium!«, wiederholte Wieland. »Oder mein Vater verklagt Sie.«
Mats hatte unterdessen den Schrank geöffnet und unseren besten Schnellkochtopf herausgeholt. Er lüpfte den Deckel: »Für Fetty.«
»Bitte nicht den«, sagte ich, aber es war zu spät. Wieland ließ den Frosch in den Topf plumpsen, Mats schloss den Deckel und Wieland klemmte den Topf unter den Arm. Er guckte mich finster an und wiederholte: »Sie bezahlen mein Terrarium!«
»Mach dir doch nicht ins Hemd, Wieland!«, sagte Mats und schaute mich achselzuckend an. »Habe ich nicht recht, Carlo?«
»Wo ist Siebenstein?«, fragte Luise traurig.

»Wir finden ihn«, sagte ich. »Das verspreche ich dir.«
Aus meinem Zimmer drangen Schreie.
Meine Zuversicht sank.
Doch in diesem Augenblick kam die Rettung.
Sie kam überraschend und schnell.
Sie kam in Gestalt meiner Töchter Anna und Katharina.
Sie stürmten aus Mats' Zimmer, enterten die Küche wie zwei Piratenkapitäne und rissen das Kommando an sich.
Anna herrschte Wieland an: »Nach Hause mit dir!«
Katharina blaffte: »Was willst du mit dem Topf, du Furz?!«
»Da ist Fetty drin«, quengelte Wieland. Er zeigte wieder auf mich. »Und der da bezahlt mir das Terrarium.«
»Hallo Vati!«, rief Anna. »Endlich kommst du! Hier ist Belagerung. Wir brauchen dringend deine Hilfe!«
»Die kriegt ihr«, sagte ich und schluckte. Luise drückte tapfer meine Hand.
»Der bezahlt mir das Terrarium«, wiederholte Wieland stumpfsinnig, aber Anna knurrte: »Vergiss es, Kleiner! Und jetzt ab! Weg hier, husch, nach Hause!«
»Ich begleite ihn zur Tür.« Katharina nahm Wieland samt Schnellkochtopf in eine Art Polizistinnengriff und zog ihn aus der Küche.

»Tschüss, Wieland«, sagte Mats. »Sei nicht sauer.«
Kurze Zeit später kehrte Katharina mit dem Schnellkochtopf zurück.
»Und der Riesenfrosch?«, fragte ich.
»Den habe ich ihm in die Hand gedrückt«, sagte sie grimmig.
In meinem Zimmer polterte es heftig, und das Geschrei von dort steigerte sich: »Hab ich dich endlich! Da hast du's, du ...!«
»Au! Nicht! Was soll das? Aua! Hör auf!«
Anna und Katharina stürmten los. Mats, Luise und ich folgten zögernd.
Das Erste, was wir sahen, als wir mein Zimmer betraten, war ein friedliches Bild. Cleo, die Katze von Bea, saß auf der Fensterbank, genau dort, wo eigentlich mein kleiner Gummibaum steht. Sie sah nicht mehr wie ein graues Ungeheuer, sondern wie eine Schmusekatze aus, leckte ihre Pfoten und spreizte nachlässig ihre Krallen.
»Brav, Cleo«, sagte Mats.
Toms Dackel Rantanplan sah die Jagd auf Cleo offenbar als beendet an. Er wälzte sich zufrieden schnaufend auf meinem Federbett und schaffte sich so eine passende Kuhle. Der Gummibaum lag entwurzelt neben ihm. Der Topf thronte verkehrt herum auf meinem Kopfkissen und die Erde war gleichmäßig über die Decke verteilt.

»Bei Fuß, Rantanplan«, sagte Mats.
»Da, nimm den noch!«, hörten wir Beas Stimme aus der Ecke hinter der Tür.
»Jetzt hör doch … au! Jetzt reicht's aber! Aua, verdammt!«
Das war Tom.
Ich gab der Tür einen Stoß und enthüllte einen einseitigen Kampf. Rantanplan setzte sich in meinem Bett auf, verschränkte die Pfoten und betrachtete das Geschehen ebenso gelassen wie Cleo von der Fensterbank.
Bea hatte sich entschlossen, aus Tom statt aus seinem Hund Hackfleisch zu machen, und bearbeitete ihn aufopferungsvoll mit Mats' Säbel. Tom duckte sich und krümmte sich und wehrte die Schläge so gut es ging ab. Er war ausweglos zwischen Tür und Kommode gefangen, schaute mich hilfesuchend an und

jammerte: »Carlo, was soll ich tun? Ich kann doch kein kleines Mädchen schlagen!«

»Lass das bitte«, sagte ich zu Bea.

Luise murmelte: »Hier ist Siebenstein auch nicht.«

»Kleines Mädchen?«, knurrte Bea. Jedes Wort wurde von einem mächtigen Hieb begleitet. »Na warte!« Der Säbel sauste sirrend nieder und der nächste, gewaltige Schlag hätte Tom sicher niedergestreckt, wenn es ihm nicht im letzten Augenblick gelungen wäre auszuweichen. Die harte Plastikklinge landete mit einem trockenen Knall auf der Kommodenablage und fegte meine Lieblingsbücher zu Boden. Als Bea erneut ausholte, wand Anna ihr die Waffe geschickt aus der Hand.

»He, was …?«, rief Bea überrascht, aber Anna schnitt ihr das Wort ab: »Fuchtel hier nicht mit Brotmessern herum, sondern kümmere dich sofort um deine Katze, klar?«

Katharina packte derweil Rantanplan am Schlawittchen und als er überrascht zu fiepen begann, hatte sie ihn schon unsanft Tom in die Arme gedrückt.

»Auf Wiedersehn!«, sagte sie. »Bis zum nächsten Mal!«

Tom machte sich bereitwillig aus dem Staub. Als er an mir vorbeilief, grinste er zum zweiten Mal schief. Bea klaubte ihre schnurrende Katze vom Fensterbrett und folgte ihm.

»Tschüss, Bea!«, rief Mats. »Bis zum nächsten Mal!«
»Ich komme nie wieder!«, verkündete sie zornbebend. Cleo streckte sich friedlich auf ihrem Arm. Die Wohnungstür fiel krachend ins Schloss. Ruhe kehrte ein.
Ich atmete durch. »Was ist hier eigentlich los?«
»Was los ist? Hier ist los, dass ausgerechnet Bea sauer auf mich ist«, klagte Mats. »So ein Mist. Carlo, ich glaube, das Haustiertreffen war keine gute Idee von dir. Das nächste Mal müssen wir das irgendwie anders machen.«
Anna und Katharina guckten mich entsetzt an.
»Das war deine Idee?«, riefen sie wie aus einem Mund.

»Ich werd's euch erklären«, sagte ich. Da fragte Luise wieder: »Und wo ist Siebenstein?«
»Wir finden ihn«, versicherte ich.
Wir gingen in Mats' Zimmer.
Dort saß Linus, einer von Mats' Freunden. Er war fast völlig von einem Käfig verdeckt, den er auf den Knien hielt und mit beiden Händen umklammerte. Darin hockte sein Meerschwein Hilde und fraß eine

Möhre. Zwei Meter von ihm entfernt ragten aus dem Hof von Mats' Ritterburg vier Löffelohren hervor, zwei weiße und zwei schwarze. Sie gehörten Clever und Smart, den Zwergkaninchen von Anna und Katharina.

Jetzt streckten sie ihre Köpfe über die Zinnen und schnupperten uns entgegen.
»Ist alles vorbei?«, fragte Linus ängstlich.
»Ja«, sagte ich. »Alles ist vorbei.« Ich schob einen leeren Vogelkäfig beiseite, der mit geöffneter Drahttür auf Mats' Maltisch stand, und setzte mich.
»Vorsicht!«, rief Anna.
Etwas landete auf meinem Kopf.
Ich zuckte zusammen.
»Siebenstein, da bist du ja endlich!«, rief Luise. »Wo hast du bloß gesteckt?«
»Hinter Mats' Cassettenrecorder«, sagte Katharina.
Ein blaugelber Wellensittich kletterte über mein Ohr auf meine Schulter herunter und flatterte von dort

zu seinem Käfig. Er turnte hinein und begann eine Unterhaltung mit seinem Spiegelbild.
»Habe ich doch gesagt«, meinte ich stolz. »Wir finden ihn.«
Luise strahlte mich an. »Du hast es gesagt.«
So leicht ist das manchmal. Jemand lächelt und die Welt ist wieder in Ordnung.
»Jetzt erklär endlich, wieso du diesen Zoo eingeladen hast«, forderte Anna.
Katharina sagte: »Und lass dir was einfallen. Denn Clever und Smart waren in Lebensgefahr.«
»Wir haben sie in Mats' Zimmer laufen lassen und plötzlich kam dieser Köter«, fuhr Anna fort. »Weißt du, was wir mit dir gemacht hätten, wenn ihnen etwas passiert wäre?«
»Ich kann's mir denken«, sagte ich.
»Mats hat uns von dem Dackel nichts gesagt«, ergänzte Katharina. »Zum Glück haben Clever und Smart ihn in die Flucht geschlagen.«
»Clever hat ihm mit den Hinterbeinen einen perfekten Karatetritt verpasst«, erzählte Anna stolz und deutete einen merkwürdigen Sprung an. »Smart ist gefährlich auf ihn zugehoppelt und hat wild mit den Ohren geschlackert. Danach haben die beiden sich in die Burg zurückgezogen. Um sich zu rächen, wollte Rantanplan sich diese Katze vorknöpfen, die kurz danach auftauchte.«

»Natürlich auch ohne Anmeldung«, warf Katharina ein.
»Er also auf sie los«, erzählte Anna weiter. »Und Cleo haute ab. Erst durch Mats' Zimmer, dann durch den Flur, durch die Küche in dein Zimmer und wieder zurück. Dabei flog das Terrarium runter. Bea und dieser blöde Tom immer hinterher. Da haben Katharina und ich die Schotten zu Mats' Zimmer dicht gemacht. Vor allem wegen Linus, der hatte solche Angst um sein Meerschwein.«
Linus saß unverändert da. Hinter dem Käfig war er kaum zu sehen.
»Du kannst den Käfig abstellen«, sagte ich zu ihm.
Er tat es. »Uff, war der schwer«, sagte er.
»Ich hätte nie gedacht, dass ich mich traue, einen Monsterfrosch anzufassen, nur um einen Schnellkochtopf zu retten«, sagte Katharina. »Und jetzt möchte ich endlich wissen, wie du auf die Idee gekommen bist, die alle einzuladen.«
»Da müsst ihr Mats fragen«, sagte ich.
Mats hatte die ganze Zeit geschwiegen. Verdächtig lange geschwiegen.
»Naja. Naja. Wieland ist neu im Schülerladen. Ich glaube, er hat nicht viele Freunde.«
»Warum nur«, sagte Anna.
»Er hat mir schon ein paar Mal von seinem Ochsenfrosch erzählt und da dachte ich, ein Ochsenfrosch

wäre als Probehaustier vielleicht auch nicht schlecht.«
»Und dazu eine Katze, ein Hund, zwei Kaninchen, ein Meerschwein und ein Wellensittich! Wie kann man nur so blöde sein.«
»Carlo hat's mir erlaubt«, sagte Mats treuherzig. »Und ihr seid selber blöde.«
Meine Töchter musterten mich kritisch.
»Aber doch nicht *alle zusammen*«, beschwor ich meinen Sohn. »Ich habe nicht gemeint, dass alle zusammen kommen sollen! Und ich habe auch nicht gesagt, dass ich *vorher nichts* davon erfahren will.«
»Au, Mann«, sagten Anna und Katharina.
»Und was ist eigentlich mit meinem Hamster?«, fragte Mats. »Krieg ich ihn jetzt oder nicht?«
»Kauf ihm einen«, riet Anna mir. »Wenn du Schlimmeres verhindern willst.«
»Und jetzt gehen wir«, entschied Katharina. »Das Aufräumen überlassen wir euch.«
»Kein Problem«, sagte Mats.
»Übrigens machen wir nächste Woche eine Gartenparty. Wenn Mats verspricht, dass er nicht noch mal so ein Chaos produziert, darf er kommen.«
»Was denn für 'ne Party?«, erkundigte sich Mats. »Etwa mit den ganzen Judo-Weibern?«
»So ist es, Brüderchen.«
»Pöh«, machte Mats. »Da geh ich nicht hin.«

Wieder am Schreibtisch »Typisch Carlo«, sagte Mats, nachdem sein Vater mit der Geschichte fertig war. »Total kariert erzählt. Stimmt's, Andy?«
Andy hatte seinen Comic im Lauf von Carlos Schilderungen zugeklappt und immer interessierter zugehört. »Ist alles genauso gewesen, würde ich sagen.«
»Was!«, rief Mats. »Du warst doch gar nicht dabei!«
»Aber Tom hat's mir erzählt. Und er hat geschworen, nie mehr irgendwo aufzukreuzen, wo alle jünger sind als er. Weil er es nicht spaßig findet, sich von einer Milchschnitte verprügeln zu lassen.«
»Ha, verprügeln!«, rief Mats. »Das war total übertrieben ausgedrückt. Wenn Bea Tom wirklich verprügelt hätte, hätte er sich nicht mehr einfach verdrücken können. Mann, ich kenne sie, der wär fertig gewesen, sag ich euch.« Mats wedelte warnend mit den Händen. »Also Carlo, das war jedenfalls nix. Du hast so erzählt, als sei die Wohnung total verwüstet worden.«
»War sie auch«, sagte Carlo. »Bis auf dein Zimmer.«
»Außerdem hast du so getan, als seien Anna und Katharina wer weiß wie toll gewesen. Dabei habe ich alle besänftigt, von Wieland angefangen bis zu Cleo und Rantanplan. Und außerdem ist Fetty kein Mons-

ter. Fetty ist ganz nett. Nur ein bisschen eklig manchmal vielleicht. Hast du eigentlich mittlerweile Wielands Terrarium bezahlt?«

»Meine Haftpflichtversicherung«, sagte Carlo.

»Gut! Aber als Geschichtenerzähler taugst du nicht viel.« Mats seufzte. »Eigentlich müsste man alles selber machen. Aber weil wir nun mal gesagt haben, wir lassen jeden, ist jetzt Andy dran. Und zwar bei der Sache mit den Brötzlaffs. Also los, Andy.«

»Muss das wirklich sein, Kleiner?«

»Ja!«

»Na gut«, sagte Andy. »Bevor ihr mir weiter ein Ohr abkaut, werde ich selbst was zum Besten geben.«

Batman und die Brötzlaffs Die ganze Sache fing damit an, dass der Kleine mich auf der Suche nach seinem Traumhamsterkäfig durch sämtliche Zoohandlungen weit und breit jagte. Wenn bei ihm der Schuh brennt, kann ich einfach nicht nein sagen. Ich weiß nicht, warum. Wahrscheinlich Mitleid.

»Carlo weigert sich«, hatte Mats gejammert. »Er sagt, es reicht, dass er mit dabei war, als wir Batman gekauft haben. Und er behauptet glatt, es sei sinnlos nach einem Käfig zu suchen, der halb so groß wie mein Zimmer ist. Wenn mir ein normaler nicht reicht, soll ich selber gucken, wo ich einen anderen herkriege. Andy, alter Kumpel, du bist meine letzte Hoffnung.«

Der Kleine blinzelte mich durch seine Brille an, als wollte er mich hypnotisieren. Er deutete auf einen durchlöcherten Karton, den er so vorsichtig trug, als sei eine millionenschwere chinesische Vase drin, und sagte: »Wenn du nicht mitmachst, ist Batman geliefert. Möchtest du das?« Er hob den Deckel des Kartons hoch und ein erdbrauner Hamster schnupperte mich an. Ich streckte einen Finger aus, um ihn zu streicheln, und das Viech versuchte sofort reinzubeißen. Es war verdammt knapp.

»Stell dir vor, mich hat er auch gleich angeschnuppert«, sagte Mats. »Ist er nicht süß?«

»Der ist ja gefährlich«, sagte ich. »Der braucht einen Zwinger.«

»Manchmal erschreckt er sich noch«, meinte der Kleine. »Was würdest du denn machen, wenn irgendein Fremder nach dir grabscht?«

»Lass uns losgehen«, sagte ich. »Um so eher haben wir's hinter uns.«

Natürlich bekamen wir nirgends, was der Kleine suchte. Wer verkauft schon einen Hamsterkäfig von der Größe eines Kuhstalls.

»So ein Mist!«, zeterte Mats im dritten Laden, unterm Arm den Hamsterkarton. »Von gerechten Hamsterarten habt ihr alle so viel Ahnung wie Andy vom Fußballtoto! Wenn ich das weitersage, macht euch der Tierschutzverein mächtig Ärger!«

»Raus hier«, knurrte der Verkäufer. »Unverschämtes Balg.« Und zu mir: »Hast du deinem kleinen Bruder

diese Unverfroren-
heit beigebracht?«
»Er ist gar nicht …«, begann ich.
»Raus!«, schnitt er mir das Wort ab.
»Jetzt reicht's«, sagte ich draußen. »Ich habe keinen Bock mehr.«
»He, Andy, du enttäuschst mich«, meinte der Kleine. »Hast du gedacht, der Kampf für gerechten Hamsterschutz ist so einfach wie Comics lesen?«
Leute, auf solche Fragen einzugehen ist der größte Fehler, den man im Gespräch mit dem Zwerg machen kann. Statt sie zu beantworten bringt man ihn besser auf eine andere Fährte. Eine, die noch blöder ist als seine eigene.
Ich setzte ein schlaues Gesicht auf und fragte: »Warum nimmst du nicht gleich dein ganzes Zimmer als Käfig für Batman? Dann sparst du erstens deinen Fußball-Toto-Gewinn und hamstergerechter geht's zweitens nicht, oder?«
Volltreffer.
»Mensch, Andy, deine erste gute Idee seit langem!«

Ich zuckte mit den Schultern. »Kannst du mal sehen.«

»Nein, sogar deine erste gute Idee seit ich dich kenne!«

»So, so«, machte ich. »Und weißt du was? Das Geld, das du sparst, können wir drittens gleich in ein paar neue Toto-Runden investieren. Okay?«

»Okay«, jubelte der Kleine. »Voll okay. Ich wusste, irgendwann lohnt sich's, dass ich dich kenne! Du gewinnst zwar nie, aber das macht nix. Oder soll Batman deinen Tippschein ausfüllen?«

»Guter Witz«, sagte ich.

Nach einem kurzen Besuch im Lotto-Laden fuhren wir nach Hause. Ich lieferte Mats bei Carlo ab und blieb noch zum Abendessen.

»Merkwürdig, dass ihr keinen drei mal vier Meter großen Hamsterkäfig gefunden habt«, sagte Carlo grinsend, während er das Geschirr aufdeckte. »Wo die doch an jeder Ecke verkauft werden. Jetzt muss der arme Batman weiter in einem Schuhkarton leben.«

Ich antwortete lieber nicht.

»Ich muss schnell noch was bauen!« Mats verschwand in seinem Zimmer.

»In fünf Minuten gibt's Abendbrot«, erinnerte ihn Carlo.

»Länger brauche ich nicht.«

Er kam tatsächlich pünktlich zurück.

»Das ging ja schnell«, sagte Carlo erfreut. »Hast du Akkord gemacht?«

»Das sowieso«, nickte Mats, setzte sich an den Tisch und langte sofort nach einer Schnitte Brot. In Rekordzeit beschmierte er sich und die Stulle mit Butter und Frischkäse und sagte nebenbei: »Eine kleine Mauer ist doch leicht. Dafür würdest auch du nicht viel länger brauchen.«

»Ach so«, sagte Carlo und wandte sich an mich. »Wie gefällt dir denn unser neuer Hausgenosse?«

»Ganz niedlich«, sagte ich. »Aber auch nicht ganz ungefährlich.«

»Pah«, machte Mats mit vollem Mund.

»Es war Liebe auf den ersten Blick«, erzählte Carlo. »Als Mats Batman zum ersten Mal sah, wollte er ihn sofort haben. Und als er ihn zum ersten Mal in den Händen hatte, setzte Batman gleich ein paar Röllchen rein. Da war ich davon überzeugt, dass beide wissen, woran sie sind.«

Carlo und ich lachten.
»Haha«, machte der Kleine. »Kille, kille, wie witzig. Das hat er vor lauter totaler Freude getan.«
Ich weiß ja nicht. Wenn man sich freut, macht man vielleicht allen möglichen Blödsinn, aber man scheißt wohl kaum Leuten auf die Hand, oder? Selbst wenn man als Hamster zur Welt gekommen ist. Das dachte ich, aber ich hielt rücksichtsvoll meine Backen, um den Kleinen nicht zu enttäuschen.
Hamster und Backen waren genau die richtigen Stichworte.
In diesem Moment entdeckte ich Batman auf der Küchenschrankablage. Er hockte mitten in einer Schale mit Erdnüssen und stopfte sich eine nach der anderen in die Backen.
Ich stieß Mats an und zeigte zum Küchenschrank. »He, guck mal da.«
»Batman!«, rief Mats. »Du alter Schlingel!«
»Wie ist der denn aus dem Karton rausgekommen?«, wunderte sich Carlo. »Na, egal, erst mal wieder rein mit ihm.«
Er stand entschlossen auf, machte ein paar schnelle Schritte zum Schrank und streckte die Hand aus. Ich wollte ihn warnen, aber es ging alles zu schnell.
»Aaah!«
Mit einem Schmerzensschrei zog Carlo die Hand zurück. Dabei erwischte er die Schale mit den Erd-

nüssen und fegte sie herunter. Der Hamster machte einen unfreiwilligen Salto und landete unversehrt auf der Ablage. Die Schale segelte zu Boden. Eine Sekunde später war sie in ein paar Porzellanscherben zerschellt und die Erdnüsse hüpften durch die Küche.

»Mist!«, schrie Carlo. An der Kuppe seines rechten Mittelfingers bildete sich ein Blutstropfen. »Das Vieh hat mich gebissen!«

»Er hat sich erschreckt!«, schimpfte Mats. »Das ist doch wohl klar! Was würdest du denn machen, wenn einer nach dir grabscht, der aussieht wie der Rote Korsar?«

»Es blutet!! Und es tut weh!!«

Mats ging zu seinem Vater und schaute sich die Wunde an. »Halb so schlimm«, sagte er. »Gerade so, dass es ein kleines bisschen blutet.«

»Von wegen! Verdammt noch mal!«, schrie Carlo wütend.

Batman hockte gleichmütig auf der Ablage und betrachtete ihn abwartend.

»Na warte!« Carlo griff zum zweiten Mal zu.

Daneben.

Der Hamster turnte unheimlich geschickt über die schmale Leiste, die in Höhe der Ablage rund um den Schrank lief, streckte sich, wurde in null Komma nichts bleistiftdünn und verschwand in dem schmalen Spalt, der sich zwischen der Wand und dem Küchenmöbel befand. Carlo starrte hinterher.

»Hat er dich ganz schön reingelegt, was?«, sagte Mats triumphierend.

Wütend drehte Carlo sich um, zeigte auf die Scherben und hielt den lädierten Finger vorwurfsvoll hoch.

»Alles nur wegen deinem Hamster!«

Mats pustete auf den Finger, holte ein Pflaster aus dem Schrank und pappte es um Carlos Finger. »So, schon ist alles wieder gut.«

»Ok«, brummte Carlo. »Aber …« Er überlegte. Dann fiel ihm offenbar etwas ein. »Aber mit dem schlimmen Finger kann ich natürlich nicht die Nüsse und Scherben aufsammeln. Oder willst du, dass er sich entzündet?«

»Hm, nee«, machte Mats.

Carlo lehnte sich zurück. »Tja, dann musst du wohl ran.« Er zuckte die Schultern. »Nicht zu ändern.«

»Hm«, machte Mats und begann die Scherben aufzusammeln. »Lass du mich wenigstens nicht hängen, Andy!«

»Richtig, Andy kann ruhig helfen«, sagte Carlo.

Ich kickte Mats eine Erdnuss rüber, die direkt neben meinen Füßen lag.

»Lass den Quatsch, hilf richtig!«

Also kümmerte ich mich um die Scherben, während Mats Nüsse sammelte. Vom Boden wanderten sie gleich in seinen Mund.

»Wie ist Batman aus dem Karton rausgekommen?«, fragte Carlo, während er uns zufrieden zuschaute.

»Ich, äh … habe ihn rausgelassen«, sagte Mats.

»Ach nee!«

»Ach doch«, murmelte Mats.

»Und warum?«

»Weil Andy meinte, wir könnten gleich mein ganzes Zimmer als Käfig benutzen.«

»Ach nee.« Carlo betrachtete mich spöttisch.

»Er hat mich falsch verstanden«, erklärte ich. »Es war ein Scherz, Carlo, verstehst du?«

»Natürlich«, nickte Carlo grimmig. »Niemand versteht deine Scherze besser als ich, Andy.«

Carlo wandte sich an Mats: »Und warum hast du nicht wenigstens dein Zimmer versperrt?«

»Habe ich doch. Kommt mit, ich zeig euch, dass ich gar nichts dafür kann.«

Stolz präsentierte Mats uns die mickrige Mauer aus Holzklötzen, die er im Türrahmen zu seinem Zimmer aufgebaut hatte.

»Da kommt ja sogar ’n Goldfisch rüber«, sagte Carlo.

»Ich hatte nur fünf Minuten Zeit«, verteidigte sich Mats. »Wenn du mit dem Abendessen nicht so gedrängelt hättest, wäre sie höher geworden.«

»In Zukunft kommt das Viech in einen ganz normalen Käfig«, bestimmte Carlo. »Wie jeder andere Hamster auch. Von mir aus auch mit Laufrad und Fliegenpilzhaus. Und Schluss.«

»Und nix Schluss«, murmelte der Kleine in seinen Milchbart. »Ich krieg meinen Käfig noch. Ich krieg ihn. Und wenn ich mir von Mutti einen wünsche.«
»Wie bitte?«, fragte Carlo.
Der Kleine antwortete nicht.
Wir gingen zurück in die Küche.
Von Batman war nichts zu sehen. Vielleicht lagen ein paar Erdnüsse weniger auf dem Boden als zuvor.
Mats und ich klaubten die restlichen Scherben und Erdnüsse auf und danach suchten wir Batman. Sogar Carlo half jetzt mit. Wir durchsuchten den Küchenschrank Tasse um Tasse und Teller für Teller, wir schauten obendrauf nach und leuchteten mit einer Taschenlampe dahinter. Mats robbte bäuchlings durch die Küche und Carlo und ich suchten sogar im Mülleimer, zwischen dem Altglas und unter der Spüle.
»Hoffentlich hat er sich nicht total verirrt«, sagte Mats besorgt. »Er kennt sich doch überhaupt noch nicht bei uns aus.«
»Wir können ihm für alle Fälle einen Stadtplan rauslegen«, schlug ich vor und der Kleine schickte mir einen Blick rüber, der sich glatt durch ein Stahlblech gebrannt hätte.
Carlo setzte sich hin. »Pause. Jetzt gibt's erst mal Eis.«
»Gute Idee«, sagte ich und setzte mich auch.

Carlo holte eine Familienpackung aus dem Tiefkühlfach, eine edle Sorte mit Nusssplittern und Schokoladenüberzug, und begann das Eis auf drei Teller zu häufen. Mats stellte drei Unterteller daneben und sein Vater sah ihn fragend an.

»Für Batman«, erklärte Mats. »Das lockt ihn sicher vor.«

»Meinst du, Hamster mögen Eis? Und wenn ja, meinst du, sie vertragen's? Vielleicht schadet Eis einem Hamstermagen.«

»Als Lockmittel schadet es bestimmt nicht«, meinte Mats.

»Und wieso gleich drei Portionen?«

»Damit er nicht widerstehen kann, wo immer er sich auch versteckt!«

Carlo sah seinen Sohn skeptisch an.

»Na los!«

»Also gut.« Carlo löffelte etwas Eis auf die Unterteller und Mats drückte noch jeweils eine Erdnuss hinein. »Jetzt ist es absolut unwiderstehlich!«, verkündete er und postierte die Lockmittel strategisch günstig um den Küchenschrank herum. Dann aßen wir. Anfangs huschten Mats' Blicke unablässig zwischen den Erdnusseis-Untertellern hin und her wie Tischtennisbälle.

Carlo begann in einer Zeitung herumzublättern. »Unter Stellenangebote wieder fast nichts«, sagte er.

»Und das bisschen, was da ist, Schrott. Hier, hört mal zu: Außendiensttätigkeit. Flexibilität auch am Wochenende, gepflegte Erscheinung Voraussetzung. Verdienst leistungsabhängig.«
»Meinen die mit gepflegte Erscheinung, dass du deinen Stoppelbart rasieren und dir ’ne neue Hose kaufen sollst?«, erkundigte sich Mats.
»Unter anderem«, sagte Carlo. »Außerdem soll ich vor jedem Armleuchter eine Verbeugung machen, und wenn der Armleuchter trotzdem keine Versicherung gegen Badüberschwemmungen kauft, verdiene ich nicht mal was.«
»Dann kannst du’s auch lassen«, meinte der Kleine.
»Eben«, bekräftigte Carlo.
»Bleibt uns wohl vorerst nur das Fußball-Toto.« Mats schleckte hingebungsvoll seinen Löffel ab. Die Aufmerksamkeit, die er den Hamster-Anlocktellern widmete, hatte mit jedem Bissen nachgelassen.
»Es wird wirklich immer schlimmer«, sagte Carlo. »Unter Stellengesuche gibt es jetzt schon Anzeigen wie diese hier: **Übernehme Arbeiten aller Art**. Wie vor siebzig Jahren. Da liefen manche Arbeitslose mit solchen Schildern herum.«
»Hä?«, fragte der Kleine.
Carlo winkte nur ab. Ich schaltete mich ein: »Unten auf der Straße hängt übrigens neuerdings auch schon so was in der Art. Zettel, an die Bäume gepinnt.«

»Und die Leute, von denen die stammen, die können also praktisch sozusagen jede Arbeit machen?«
Mats' Augen begannen zu leuchten.
»Die behaupten das, Kleiner«, sagte ich.
»Das müssen ja tolle Typen sein. He, Carlo, überleg mal: Arbeiten *aller* Art! Das könntest du nicht!«
»Damit sind vor allem Arbeiten gemeint, die sonst keiner machen will«, sagte Carlo, aber Mats schien ihn nicht zu hören. »Arbeiten jeder Art«, murmelte er. »Also praktisch alles. Warum also nicht auch … genau!«
Er strahlte wie ein Buddha und blinzelte mir verschwörerisch zu.
Carlo fragte: »Was nuschelst du da?«
»Nix«, erwiderte Mats. Er starrte vor sich hin. Als sein Blick nach unten schweifte, rief er plötzlich: »Schaut euch das an!«
Das Eis auf den drei Untertellern schmolz vor sich hin. Die drei Erdnüsse waren verschwunden. Winzige Kleckerspuren verbanden die Hamster-Lockportionen miteinander und führten immer undeutlicher werdend auf den Küchenschrank zu.
»Das ist der Beweis!«, sagte Carlo. »Er steckt irgendwo im Schrank! Wenn wir den komplett ausräumen, haben wir ihn!«
»Fang du schon mal an«, meinte Mats. »Ich muss

Andy mal kurz noch was zeigen.« Er lotste mich in sein Zimmer und fragte:
»Wo hängen die Zettel mit den Arbeiten aller Art?«
»Was willst du damit?«, fragte ich.
»Na, unter Arbeiten aller Art fällt doch wohl auch der Bau großer Hamsterkäfige, oder?«
»Meinst du wirklich?«
»Klar. Also los, wo steht's?«
»He, Mats, wo bleibst du?«, rief Carlo aus der Küche. »Soll ich alles alleine machen?«
»Komme sofort«, antwortete Mats. »Bin sofort da!«
»Was macht ihr denn?«, erkundigte sich Carlo argwöhnisch. »He, Andy, alles unter Kontrolle?«
»Bei mir doch immer«, rief ich zurück. »Alles klarinetti.« Ich wandte mich dem Kleinen zu und versuchte, ihm die Sache auszureden: »Überleg mal, Batmans Käfig wird doch von ganz alleine immer größer. Jetzt benutzt er schon die Küche mit.«
»Red nicht so kariert. Batman kann sich nicht ewig im Schrank verstecken. Das soll er auch nicht, sonst haben wir gar nichts von ihm. Er braucht einen vernünftigen Käfig, und der Typ, der jede Arbeit erledigt, wird ihn bauen.«
Ich rührte mich nicht.
»Los, Andy, mach schon. Wo hängen die Zettel? Steht eine Telefonnummer drauf?«
»Ich ruf da nicht an«, sagte ich. Logo, oder? Mit

Telefonanrufen für Mats hatte ich so meine Erfahrungen.
»Keine Angst, das mach ich selber.«
Tja, ich ließ mich mal wieder breitschlagen. Ich verabschiedete mich von Carlo, ging runter, fischte so'n Zettel vom Baum, kam wieder hoch und tat, als hätte ich meine Mütze vergessen. Ich drückte dem Kleinen den Wisch in die Hand und dann half ich Carlo noch, den leer geräumten Küchenschrank von der Wand abzurücken. Der Hamster kam dabei nicht zum Vorschein und ich machte mich vom Acker.

Batman blieb verschwunden, aber er hinterließ Lebenszeichen. In der Speisekammer war zum Beispiel eine Mehltüte angenagt. Natürlich räumten Carlo und der Kleine die Kammer aus, aber Batman war unterdessen schon wieder in den Küchenschrank gewechselt. Carlo stellte es fest, als er in einer Auflaufform des untersten Faches kleine dunkle Röllchen fand, die so ähnlich aussahen wie Mini-Lakritz. Mats und Carlo suchten und suchten, aber sie erwischten Batman nicht. Kurz, es wurde ungemütlich bei ihnen und ich hielt mich einige Tage von ihnen fern. Dann platzte der Kleine in mein Zimmer. »Schaut euch das an!«, zischte er. »Schaut euch das an!«
Mein Freund Tom und ich waren gerade dabei, uns

mit Asterix-Heften zu entspannen. Auf Wiedersehen, ihr Gallier.

Toms Dackel Rantanplan hatte gedöst. Jetzt schnaufte er unwillig, zog die Nase kraus und guckte Mats vorwurfsvoll an.

Der stand unter Strom. Die Brille vibrierte auf seiner Nase. Seine Ohren glühten.

»Da kannste ’n Toast dran rösten«, murmelte Tom.

»Rache!«, rief der Kleine.

»Immer mit der Ruhe«, sagte ich. »Wo brennt der Schuh?«

»Rache!« Mats drehte sich um und zeigte auf seine Nackensträhne. »Was sagst du dazu, he?! Was sagst du dazu?!«

»Schick«, sagte ich vorsichtshalber. »Steht dir wie immer gut.«

»Guck genau hin!«

Ich guckte genau hin und stellte fest, dass ein ziemliches Stück fehlte.

»Warum hast du sie abgeschnitten, Kleiner?«

»Ich?«, fragte er. »Wieso ich?!«

»Na, wer denn sonst. Oder war's etwa Carlo?«

»Brötzlaffs!«, fauchte Mats.

»Wie bitte?«

»Die Brötzlaff-Brüder! Diese, diese …!« Ihm fiel nichts Passendes ein, aber er fabrizierte ein Geräusch wie ein wütendes Raubtier, ungelogen.

»Paul und Peter Brötzlaff«, sagte er und kaute an den Buchstaben wie an einem zähen Stück Fleisch. »Die werden uns kennen lernen, Andy! Wir werden sie backen! Braten werden wir sie! Weich kochen! Dünsten! Grillen, frittieren und mikrowellieren! Los, komm, und Tom und Rantanplan müssen auch mit, als Verstärkung!«

Rantanplan gähnte und wedelte schlapp mit dem Schwanz. Ich sagte:

»Moment mal, Moment mal. Immer flach halten den Ball. Was ist denn überhaupt passiert?«

Der Kleine begann brockenweise zu erzählen. Währenddessen öffnete ich das Fenster und Tom und ich steckten uns eine Camel ohne an.

Mats tischte uns eine wüste Geschichte auf:

Mit seinem Anruf von wegen Baumzettel und Arbeit aller Art war der Kleine bei einem Brüderpaar namens Peter und Paul Brötzlaff gelandet. Mats meinte, die Typen seien nicht ganz ohne, aber mit Tom und mir könnten sie's natürlich nicht aufnehmen. Wir würden sie zusammenfalten und ihnen die Frisuren verknoten.

»Wieso gerade die Frisuren?«, fragte ich dazwischen

und blies einen voll gelungenen Rauchkringel zum Fenster raus.
»Weil die so doof aussehen.«
»Da kennen Tom und ich auch zwei«, sagte ich. »Zwei Brüder mit total benagelten Schmalzlocken. Zwei ganz gefährliche Typen, sag ich dir. Haben die Schmalzlocken, deine beiden?«
Mats schüttelte den Kopf. »Nee, die haben eher so fettige, gedrehte Strähnen.«
»Sind das Kleiderschränke?«, erkundigte sich Tom. »Kleiderschränke mit Stiernacken und viereckigen Köpfen?«
»Kleiderschränke? Eckige Köppe?! So sieht doch kein Mensch aus!«
»Die zwei Rambos, die wir auf unserer Schule haben, schon«, sagte Tom. »Wenn du dich mit denen angelegt hättest, na herzlichen Glückwunsch. Aber die

heißen auch nicht Peter und Paul, sondern Keule und Zünder. Normale Namen haben die gar nicht.«

»Die zwei, die du grillen willst, sind die älter als wir?«, hakte ich zur Sicherheit noch einmal nach.

»Älter als Tom und du? Ach was.« Mats winkte ab. »Da sind die viel zu doof zu.«

»Und wie kommen deine zwei Blödmänner dazu, so 'ne Anzeige aufzugeben?«

Der Kleine zog die Augenbrauen zusammen und musterte mich wütend. »Du fragst vielleicht unwichtiges Zeugs. Als Taschengeld-Ersatz oder was weiß ich. So wie der Vater von denen aussieht, kriegen die bestimmt keins.«

Er erzählte weiter.

Die Brötzlaff-Brüder hatten ihm am Telefon erzählt, sie hätten schon alles gemacht, von Rasen mähen bis Umgraben und Unkraut jäten und zurück, und ein Riesen-Hamsterkäfig sei auch kein Problem, aber da wär 'ne Anzahlung fällig. Am nächsten Tag trafen sich alle drei am Zicken-Spielplatz und die Brüder knöpften Mats fünfzig Mark ab.

»Wie viel wollten sie denn insgesamt?«, unterbrach ich den Kleinen noch mal.

»Das konnten sie nicht sagen«, antwortete Mats. »Nicht mal über ihre Preise wussten sie Bescheid!«

»Au Mann«, stöhnte ich. »Und du hast den Deal trotzdem gemacht?«

»Ich hab gesagt, ich zahl nicht mehr als zweihundert Mark. Sie meinten, das könnte gerade so reichen.«

»Und aus welchem Material sollte der Käfig sein? Hast du ihnen das gesteckt? Holz, Metall, Plastik oder Gold?«

»Von allem etwas, außer natürlich Gold, du Witzbold! Der Boden aus Kunststoff, die Seiten aus Eisenstäben und die Hütte aus Holz. Das ist doch klar. Ich dachte, so was Leichtes braucht man nicht extra dazu zu sagen. Wenn sie mir so einen Käfig gebaut hätten, hätte ich auch bezahlt.«

»Hätte?«, fragte ich. »Hast du denn nicht?«

»Natürlich nicht. Das ist doch das Problem.«

Mats erzählte weiter.

Nach zwei Tagen hatte vor dem Haus von Carlo und Mats ein uralter VW-Bus mit Ladefläche gehalten. Am Steuer hatte der Vater von Peter und Paul gesessen, der Schrotthändler Siegfried Brötzlaff, daneben seine Söhne. Auf der Ladefläche befand sich ein aus ein paar vergammelten Holzpaletten zusammengenageltes unförmiges Etwas mit niedrigen Seitenwänden, das gewisse Ähnlichkeit mit einem primitiven Floß hatte. An alle vier Ecken war ein Hamsterbild gepappt.

Eine Minute später klingelte es und Carlo hörte eine raue Stimme aus der Gegensprechanlage: »Ihr Zwinger ist da. Wo soll er hin?«

»Was für ein Zwinger?«, fragte Carlo. »Mit wem spreche ich?«
»Brötzlaff und Söhne. Metallverwertung und Arbeiten aller Art. Komm'se mal runter, guter Mann.«
Carlo hängte den Hörer der Sprechanlage ein und fragte Mats, der schon neben ihm stand: »Hast du etwa einen Zwinger bestellt?«
»Nö«, sagte Mats. »Einen Zwinger nicht.«
Er lief zum Fenster seines Zimmers, guckte von oben auf die Straße, sah das Floßungetüm auf dem Bus und rief wütend: »Und so was schon gar nicht!«
»Hast du mal wieder Mist gemacht?«, fragte Carlo aus dem Flur.
»Mist nicht«, rief Mats zurück. »Nur …«
»Was, nur?«
»Nur vielleicht einen Fehler. So ungefähr.«

»Prima«, sagte Carlo. »Na, ich geh erst mal runter.«
»Ich bleib erst mal oben«, meinte Mats.
Als Carlo aus der Haustür trat, drückte ein Mann in ärmelloser Joppe und Gummistiefeln Carlo einen verknitterten Zettel in die Hand. Darauf stand:

Rechnung

Hamster-Zwinger 300,– DM
Abzüglich 50,– DM Anzahlung
= 250,– DM.
Lieferung frei Haus.

Während Carlo noch auf das Papier starrte, wuchteten die drei Brötzlaffs das üble Bauwerk von der Pritsche und lehnten es gegen die Hauswand.
»Das wär's«, sagte Siegfried Brötzlaff und rieb die Handflächen gegeneinander. Er wandte sich an Carlo. »Kreditkarten nehmen wa nich.«
Carlo sagte: »Tut mir Leid, Herr Brötzlaff, aber ich habe nichts bestellt. Weder einen Hamster-Zwinger noch irgendwas anderes. Auch keine, äh … alten Holzpaletten.«
»Wie?«, knurrte der Schrotthändler. »Was soll das heißen?«
»Nichts weiter«, sagte Carlo und wandte sich zurück zur Haustür.

»Hat der Kerl euch beauftragt?«, fragte Siegfried Brötzlaff wütend seine Söhne.
»Sein Sohn war's!«, rief Peter Brötzlaff. »So ein kleiner Fuzzy, der ihm ähnlich sieht!«
»So einer mit Klotzbrille und popeliger Strähne im Nacken!«, sagte Paul Brötzlaff.
»Jetzt macht euch nicht lächerlich«, sagte Carlo. »Mein Sohn ist gerade acht geworden. Der hat in seinem Leben noch nie was anderes bestellt als Lakritzschnecken und Vanilleeis.«
»Aber der war's! Wirklich! Echt!«, riefen Peter und Paul.
»Was?«, meuterte der alte Brötzlaff. »Von einem achtjährigen Lauser nehmt ihr Bestellungen an?! Na wartet, das gibt Senge! Kommt ihr mir nach Hause!« Vor Wut schnaubend bestieg er sein Gefährt und orgelte am Anlasser. »Seht selber zu, wie ihr das hier regelt, Saubengels!« Als der Motor ansprang, spuckte der Bus schwarzen Qualm aus.
»Und wie sollen wir hier wegkommen?«, murrten Peter und Paul.
»Und wer räumt den Müll hier weg?«, fragte Carlo und zeigte auf die Holzpaletten.
»Mir doch egal!«, raunzte Siegfried Brötzlaff und rumpelte davon.
»Na warte«, murmelte Peter und Paul sagte finster: »Das gibt Folklore.«

Carlo ließ sie einfach stehen. Oben kriegte der Kleine von ihm natürlich ordentlich was zu hören. Aber Carlo beruhigte sich wie immer schnell. So hätte man die ganze Sache eigentlich vergessen können.

Aber der Hammer kam erst noch.

Am nächsten Tag lauerten die Brötzlaff-Brüder nämlich dem Kleinen auf, als er vom Schülerladen kam, und schnitten ihm ein Stück von seiner Strähne ab. Warum nicht gleich die ganze? Tja, die beiden hatten sich das obermafiös ausgedacht. Jeden Tag ein Stück wollten sie abschnibbeln, bis er weich war und für den Schrott zahlte, den sie an der Hauswand hinterlassen hatten.

Oberlupenreine Mafia-Methoden!

Und das in unserer Stadt.
Leute, ich kriegte vielleicht eine Wut. Vergriffen die zwei sich doch tatsächlich an einem achtjährigen Brillenträger! Das nicht mit Andy, dachte ich, Leute, nicht mit mir. Die sollten uns kennen lernen, Tom und mich, aber im fünften Gang!
Carlo hatte als Erster von der Schweinerei erfahren. Er war natürlich außer sich und fuhr sofort zu Brötzlaffs Schrottplatz, um den Brüdern ihre Faxen auszutreiben und auch, um mit ihrem Alten zu reden. Aber er kriegte eine eiskalte Abfuhr!
Peter fragte: »Wovon sprechen Sie?«
Paul rieb sich über den Nacken und meinte: »Sehen wir aus wie Frisöre?«
Und der alte Brötzlaff sagte: »Den Hühnerkram soll'n die Blagen unter sich ausmachen. Und jetzt runter vom Hof, aber dalli!«
Ich glaube, Carlo stand ganz schön lackiert da.
Am Abend beratschlagte er mit dem Kleinen, was zu tun sei. Er schlug vor, ihn erst mal überallhin zu begleiten, als so 'ne Art persönlicher Leibwächter, bis Gras über die Sache gewachsen wäre. Aber dazu hatte Mats keine Lust. Naja, und dann ist er zu mir gekommen und erzählte die ganze Geschichte.
»Jetzt seid ihr fast auf dem allerneuesten Stand.«
»Wieso fast?«, fragte ich. »Wann haben die zwei sich denn an deiner Strähne vergriffen?«

»Gestern Nachmittag.«
»Wann war Carlo auf dem Schrottplatz?«
»Gestern Abend«, sagte Mats und drehte am Rest seiner Strähne herum. Er hielt ihn hoch und verkündete: »Und jetzt zahlen wir's ihnen heim. Wir falten sie zusammen und Rantanplan beißt ihnen in den Hintern.«
Tom streichelte nachdenklich seinen Dackel. Rantanplan sah nicht so aus, als würde er jemals irgendjemand in den Hintern beißen außer vielleicht Cleo, aber die würde er nie erwischen.
»Und wie groß ist das Risiko, dass sie uns zusammenfalten?«, fragte Tom.
»Mach dich nicht lächerlich«, knurrte Mats. »Du bist doch kein Windhuhn. Und jetzt los.«
»Genau«, sagte ich grimmig. »Aber einen Moment noch. Du hast gesagt, wir wären fast auf dem neuesten Stand. Was fehlt uns denn noch bis zum allerneuesten?«
»Dass die zwei unten auf uns warten«, sagte der Kleine und blinzelte mich durch seine Brille kampfeslustig an.
Unten im Hausflur, vor der Tür, atmete ich einmal tief durch.
»Okay, wir machen sie rund!«
Ich legte die Hand auf die Klinke.
Ich war bereit den Kleinen zu rächen.

Ich war irgendwie ein Held, Leute.

»Attacke!«, rief Mats. »Wir grillen sie!«

Rantanplan machte allerdings keinen bis zum Letzten entschlossenen Eindruck. Auch Tom zögerte hasenmäßig. »Und was machen wir, wenn die stärker sind als wir?«

»He, Tom, red nicht so kariert!«, rief Mats.

»Hast doch gehört, was der Kleine gesagt hat«, beruhigte ich Tom. »Wir sind älter, wir sind stärker, wir sind schlauer. Und wir haben einen Hund.«

Ich zeigte auf Rantanplan, der sich in seiner Leine verheddert hatte und fiepte.

»Na, ich weiß nicht«, murmelte Tom.

»Los geht's!«, schrie Mats und riss die Tür auf. »Wir putzen sie weg!«

Ich ganz vorn, Mats knapp hinter mir und zum Schluss Tom, der Rantanplan hinter sich her zerrte. So stürmten wir nach draußen. Auf alles gefasst.

Aber nicht auf gar nichts.

Draußen war niemand.

Nicht der kleinste Schmalzlockenzipfel.

Mats schaute sich verdutzt um.

»Vorhin waren sie noch da«, meinte er. »Sie saßen auf ihren Mofas, grinsten dämlich und fuchtelten mit einer Schere herum.«

»Moment mal«, sagte Tom. »Hast du eben Mofas gesagt?«

»Klar, bist du schwerhörig, oder was?«
»Wieso haben die Mofas? Wenn die jünger sind als wir, dürfen die doch noch gar nicht Mofa fahren!«
»Was meinst du, was die alles machen!«, versetzte der Kleine.
»Also, mir gefällt das Ganze nicht. Ich glaub, ich fahr nach Hause.«
Tom wandte sich seinem Mountain-Bike zu, das er am Zaun vor dem Haus abgestellt hatte.
»He, du kannst uns doch jetzt nicht hängen lassen und abhauen«, sagte ich.
»Wieso hängen lassen? Und vor wem abhauen? Hier ist doch gar keiner.«
Tom hob Rantanplan hoch und bugsierte ihn in einen Korb, den er auf den Gepäckträger geschnallt hatte. Dann sah er es. »Ach du Scheiße.«
Vorder- und Hinterrad waren platt, die Ventile rausgedreht und weggeworfen.
»Das waren garantiert die Brötzlaffs!«, sagte Mats.
Staunend beobachteten wir, wie sich Tom vor Wut dunkelrot färbte. Er schob gefährlich den Unterkiefer vor und fragte mich ohne den Mund richtig zu öffnen:
»Hast du oben Ersatz-Ventile?«
Ich nickte.
»Holen!« befahl er. »Wir finden sie und machen sie rund!«

»Wie'n Minigolfball!«, jubelte Mats.
Wenig später ritten wir um den Block wie Rothäute auf der Suche nach weißen Banditen. Mats hinter mir auf dem Gepäckträger und Rantanplan hinter Tom.
Am Zicken-Spielplatz entdeckte ich zwei Gestalten, die regungslos auf ihren Mofas saßen.
»Da hinten sind sie!«
Wir schlugen einen Bogen, damit sie uns nicht sofort bemerkten. Dann traten wir in die Pedalen wie beim Endspurt eines Radrennens und heizten von hinten auf sie zu. Sie sollten uns auf keinen Fall entkommen!
Schon nach ein paar Metern stellte ich allerdings etwas Merkwürdiges fest. Dafür, dass wir älter sein soll-

ten als sie, wirkten die beiden ganz schön riesig. Ganz schön breite Kreuze hatten die. Richtige Kleiderschränke. Und je näher wir kamen, desto breiter schienen sie zu werden. Und diese Stiernacken und die viereckigen Köpfe … Junge, Junge, der Kleine hatte sich mächtig verschätzt. Mein lieber Herr Gesangverein. Noch dreißig Meter und wir hatten sie am Wickel. Und dann? Vielleicht war unser Plan sie rund zu machen aktuell doch nicht der beste aller Pläne.

Und mit jedem Meter wuchs noch ein anderes Gefühl in mir. Ein unangenehmes Gefühl. Ein ganz und gar mieses Gefühl, Leute. Das Gefühl, dass ich diese beiden Goliaths, auf die wir zu heizten, als seien wir lebensmüde, schon mal irgendwo gesehen hatte.

»Verdammt«, keuchte Tom neben mir. »Das darf nicht wahr sein! Oh, du lieber großer Riesenbockmist! Das sind ja …«

»Keule und Zünder«, ächzte ich. Wir traten voll in die Bremsen und kamen zwanzig Meter hinter ihnen zum Stehen. Immerhin, zwanzig Meter.

»He, wieso haltet ihr?«, rief Mats.

Sie wandten sich um.

Keule und Zünder. Die berüchtigsten, gefährlichsten, gefürchtetsten, rücksichtslosesten und unbeliebtesten Typen an unserer Schule und tausend Meilen weit darüber hinaus drehten sich zu uns um und starrten uns an. Die Brüder mit den Schmalzlocken in der Stirn, den Gorillamuskeln und dem Saurierhirn. Die mit bloßen Händen Schrottwagen zerdrückten. Die ihr Unwesen in einer bedauernswerten Parallelklasse trieben, in die sie aber nur gingen, weil sie schon zweimal hängen geblieben waren. Tom und ich hatten keine Ahnung gehabt, wie die beiden Kerle richtig hießen. Peter und Paul Brötzlaff? Nie gehört. Wir kannten nur Keule und Zünder.

»Jetzt seid ihr reif!«, schrie Mats und sprang hinter mir vom Gepäckträger. »Jetzt machen wir euch rund.« Er stemmte seine kurzen Arme in die Hüfte. »Damit habt ihr nicht gerechnet, was?«

Die beiden begannen breit zu grinsen.

»Halt die Schnauze«, zischte Tom tonlos. »Warum hast du uns Mist erzählt?! Warum hast du uns nicht gesagt, mit wem wir's zu tun kriegen?«

»Habe ich doch!«, sagte Mats. »Was hast du denn plötzlich?«

Wir saßen ganz schön tief drin. Zweites Kellergeschoss. Und die Treppe zum Erdgeschoss fehlte. Keule und Zünder betrachteten uns genüsslich.

»Wenden«, flüsterte Tom mir tonlos zu. »Ganz langsam wenden.«

»Ach, guck an, wen haben wir denn da?«, fragte Keule.

Tom und ich drehten so unauffällig wie möglich die Räder um. Nicht so einfach, wenn man gar nicht richtig abgestiegen ist. Die Rahmen zwischen den Beinen, machten wir in winzigen Tippelschritten kehrt.

»He, was ist?«, fragte Mats.

»Steig sofort wieder auf«, zischte ich.

»Der kleine Klotzkopf mit der popeligen Strähne«, sagte Zünder gedehnt.

»Der versucht hat uns reinzulegen«, sagte Keule und stieg gemächlich von seinem Mofa.

»Der uns reichlich Kohle schuldet«, sagte Zünder und tat dasselbe.

»Ich schulde euch gar nichts!«, motzte Mats.

»Aufsteigen!«, zischte ich und suchte vergeblich nach einer Lautstärke, die zugleich unauffällig und unüberhörbar war.

»Ihr zwei Weicheier entschuldigt euch jetzt sofort

bei mir!«, forderte Mats. »Sonst kriegt ihr nämlich mit meinen Freunden hier aber so was für'n Ärger!«
Tom erstarrte. Er grinste Keule und Zünder schief an und rief mit leicht zitternder Stimme zu ihnen hinüber: »Na, äh ... wie geht's?«
»Guuut«, muhte Keule, während er gemächlich auf uns zuzuschlendern begann. »Jetzt guck dir mal an, wen er mitgebracht hat«, sagte er zu seinem Bruder.
»Den schnellen Andy und den schönen Tom«, grinste Zünder und schlappte neben ihm her.
»Jetzt sind wir reif«, flüsterte Tom.
»Passt bloß auf, wir haben einen Hund dabei!«, rief Mats.
Rantanplan fing an zu jaulen.
Das war das Signal.
»Weg hier!«
Toms Dackel wurde in seinem Körbchen von einer Ecke zur anderen geschleudert, und Mats hätte beim Sprung auf das Rad fast den Gepäckträger verfehlt. Aber wir legten trotzdem einen Blitzstart hin. Keule und Zünder rannten hinter uns her und die zwanzig Meter, die wir von ihnen Abstand gehalten hatten, waren jetzt echtes Gold wert. Außerdem waren die beiden zum Glück ziemlich lahm. Sie erwischten uns nicht, vorerst jedenfalls, und dass sie nicht sofort zu ihren Mofas zurückliefen, sondern ein paar Sekunden lang versuchten uns zu Fuß einzuholen, gab uns

einen zusätzlichen, kleinen Vorsprung. Aber sie hatten ihren Fehler schnell kapiert und flitzten zu den Mofas.
Und schon holten sie auf.
Die Maschinen waren frisiert!
Die Dinger röhrten wie Trecker und spuckten grelle Funken aus den Auspuffrohren.
»Gleich gibt's Folklore!«, hörten wir Keule hinter uns brüllen und Zünder schrie:
»Aus dem Köter mach ich Wurstsalat!«
»O Mist, o Mist!«, fluchte Tom. Mats sagte ausnahmsweise nichts und ich war vollauf damit beschäftigt, auf Höchstgeschwindigkeit zu beschleunigen. Nur Rantanplan machte das Rennen Spaß. Er lehnte den Kopf weit aus dem Körbchen, ließ seine

Ohren im Fahrtwind flattern und kläffte freudig die Bordsteine an, die neben ihm vorbeiglitten. Er kapierte mal wieder rein gar nichts.
Als wir richtig schnell geworden waren, klammerte Mats sich an mich und rief empört: »Was soll das? Nennt man das Rundmachen, ihr Windhühner?«
»Schnauze, wenn du den Rest von deiner Strähne behalten willst!«, keuchte ich und legte noch einen Gang zu.
Als wir in die Straße einbogen, wo der Kleine und ich wohnten, waren Keule und Zünder uns so nahe gekommen, dass unser Vorsprung nicht mehr ausreichte, um sicher vor ihnen das Haus zu erreichen und darin zu verschwinden. An der Tür hätten sie uns gehabt.

Also weiter!
»Wohin?«, keuchte Tom.
»Zu dir!«, schrie ich, weil mir nichts Besseres einfiel. Wir rasten aus unserem Viertel heraus in Richtung Reihenhaussiedlung, wo Tom wohnte. Durch einen geschickten Haken gelang es uns unseren Vorsprung wieder etwas zu vergrößern, aber wir schafften es nicht sie abzuhängen. Eine rote Ampel brachte die Brüder gefährlich nah heran, aber dann gelang es uns wieder den alten Abstand herzustellen. Ich glaube, sie machten sich einen Spaß daraus uns zu jagen. Sie hätten uns haben können, aber sie spielten mit uns! Und das mir.
Unser Vorsprung hätte vielleicht gerade gereicht, um bei Tom aufzuschließen und samt Rädern im Haus zu verschwinden. Wir kneifen euch, dachte ich schon, als Toms Haus vor uns auftauchte, wir kneifen euch doch. Aber Tom keuchte:
»O Mist, o Mist!«
»Was denn?«
»Bei uns ist niemand zu Hause und ich hab gar keinen Schlüssel dabei!«
Wir zischten an Toms Haus vorbei.
»Wohin jetzt?«, keuchte Tom.
»Keine Ahnung«, ächzte ich. »Weiter!«
Gefährlich nahe johlten Keule und Zünder.
Es stand schlecht um uns. Was unsere Beine leisteten,

wurde für die Brötzlaff-Brüder von frisierten Motoren erledigt. Und wir waren am Ende unserer Kräfte. Es sah wirklich böse aus.
Da zupfte Mats an meinem Hemd. »Wir könnten's mal bei meiner Mutter und meinen Schwestern versuchen. Die wohnen ganz in der Nähe!«
»Okay«, nickte ich, weil mir nichts Besseres einfiel.
»Mann, mir tut schon der Hintern weh«, jammerte Mats. »Wird Zeit, dass ich hier runterkomme!«
»Ist bei deinen Schwestern jemand zu Hause?!«, fragte ich.
»Glaub schon!«
Er glaubte es.
Hoffentlich hatte er Recht.
»Ich kann nicht mehr«, röchelte Tom.
»Ist nicht weit«, rief Mats.
Wir verbrauchten unsere letzten Reserven. Als wir das Grundstück erreichten, waren Keule und Zünder so nahe, dass zwischen ihre Vorder- und unsere Hinterräder kaum noch ein Fußball gepasst hätte. »Folklore!«, brüllte Keule. Und Zünder: »Wo ist der Skalp, wo ist er?«
Die Gartentür stand auf und wir bretterten durch.
»Privatgrundstück!«, schrie Mats. »Betreten verboten!«
»Haha!« Zünder und Keule bretterten hinter uns her.

Wir platzten allesamt mitten hinein.
Mitten in die Gartenparty von Annas und Katharinas Judoverein.
Tja, Leute, das war die Rettung.
Wir hatten ein Wunder gebraucht und wir kriegten es.

Noch mal am Schreibtisch Als Andy seine Geschichte beendet hatte, war es spät geworden.
»He, Andy«, sagte Mats. »Du kannst doch nicht einfach mittendrin aufhören!«
»Kleiner, das ist meine Story«, sagte Andy. »Und ich sage dir, ich hab alles erzählt.«
»Hast du nicht!«
»Halt die Backen!«
»Selber!«
»Bitte seid jetzt nett zueinander«, sagte Carlo. »Wir müssen nämlich gehen, zumindest Mats und ich, und wir wollen einen guten Eindruck hinterlassen.«
»Wir müssen überhaupt noch nicht gehen!«, rief Mats.
»Doch.« Carlo zog seinen Sohn mit sanfter Gewalt von meinem Schreibtisch weg.
»Tschüss«, sagte er. »Tschüss, bis zum nächsten Mal.«
»Lass das!«, rief Mats und versuchte sich loszumachen. »Ich gehe, wann ich will, klar? Was sollen die Leser von mir denken? Dass ich ein kleiner Pups bin oder was?«
»Die wissen jetzt genug von dir, um sich selbst ein Urteil zu bilden.«

»Lass mich los! Sofort loslassen!«, zeterte Mats. »Du, du … Bossgesicht! Du Oberverbieter! Du …«
Ich hörte ihn noch eine Weile schimpfen, und Carlo hatte seine liebe Mühe, ihn zu beruhigen. Zum Schluss schrie Mats: »Der Schriftenhersteller hat total kariert erzählt, aber vielleicht brauche ich ihn noch mal!« und »Ich komme wieder!«
Dann war ich mit Andy allein.
Der trat unbehaglich von einem Fuß auf den anderen und sagte: »Tja, soweit alles klarinetti, oder? Ich geh dann auch mal. Tschüss!« Kurz bevor er verschwand, drehte er sich noch einmal um und rief: »Wenn du Mats glücklich machen willst, erzähl noch, wie's mit Batman weiterging!«
Dann war er auch verschwunden.
Ich saß allein an meinem Schreibtisch und schrieb auf, was noch fehlt.

Als Andy und Tom sich im Garten von Anna und Katharina einigermaßen erholt hatten, lagen Keule und Zünder platt wie Flundern und mucksmäuschenstill auf dem Rasen und guckten verdattert aus der Wäsche.
Auf jedem ihrer verknoteten Arme und Beine saß eine finster dreinblickende Judoka. Anna und Katharina fragten Mats: »Warum haben denn diese Vorgarten-Rocker euch verfolgt?«

»Die wollten mir meine Strähne abschneiden«, sagte Mats. »Ein Stück haben sie schon.«
»Wie bitte?«, fragte Anna und Katharina pfiff leise durch die Zähne. Mats zeigte auf Keule: »Der hat garantiert noch irgendwo die Schere.«
»Willst du dich rächen?«, fragte Anna.
»Natürlich«, sagte Mats. »Rache ist so süß wie weiße Schokolade.«
»Sagt Opa das?«, erkundigte sich Katharina. Sie untersuchte Keules Taschen, fand die Schere in seiner Jacke und übergab sie ihrem kleinen Bruder.

»Nein, ich sage das. Ich ganz allein. Ich, Mats, der Held.«
»Schau dir mal diese beiden Schmalzlocken an«, sagte Anna grimmig. »Müssen die sein?«
»Eigentlich nicht«, sagte Mats und bewegte sich auf Keule und Zünder zu.
»Wir sind hier schließlich nicht bei den Leningrad Cowboys«, stellte Katharina fest.
»Nicht!«, jammerten die Brötzlaff-Brüder. »Bitte!«
Mats kniete vor Keule nieder, nahm mit zwei Fingern seine Tolle und setzte die Schere an.
»Tu's nicht!«, ächzte Keule. »Bitte! Dann lassen wir euch auch für immer in Ruhe!«
»Ehrenwort!«, versicherte Zünder und nickte, so gut er konnte.
»Na gut, will mal nicht so sein.« Mats steckte die Schere zurück in Keules Jacke. »Aber verdient habt ihr's nicht.«
»Leute, ihr könnt sie loslassen«, sagte Anna und die Judokas ließen von den Brötzlaff-Brüdern ab. Die beiden rappelten sich mühsam auf und entknoteten ihre Glieder. Dann trotteten sie zu ihren Mofas. Die standen ein paar Meter entfernt ordentlich auf ihren Ständern, aber sie sprangen nicht an.
»Möglicherweise hat das damit zu tun, dass die Zündkerzen fehlen«, sagte Andy.
»Dann schiebt mal schön«, meinte Tom.

Keule und Zünder schoben.

Tja, und was war noch?

Kurze Zeit später kriegte Mats tatsächlich seinen riesigen Hamsterkäfig. Er war zwar nicht so groß wie sein Zimmer, aber für einen Hamsterkäfig war er wirklich riesig. Seine Mutter hatte ihn besorgt, denn nach der Pleite mit der Zwingerlieferung hatte Mats ihr Leid getan. Eigentlich wollte sie den Käfig ihrem Sohn erst zum Geburtstag schenken, aber nach dem Erlebnis mit den Brötzlaff-Brüdern meinte sie, dass er ein Trostpflaster bräuchte.

Glück gehabt.

Da ist es wohl auch nicht weiter verwunderlich, dass sich bald ein noch größeres Glück ereignete.

Carlo entdeckte Batman in der Rumpelkammer. In einer Ecke voller Krimskrams stieß er auf die in einer Plastiktüte verpackten Ostersachen vom vergangenen Jahr und sie bewegten sich. Batman hatte sich bis zu Mats' altem Osternest, das mit grünen Schnipseln ausgelegt war, durchgenagt und als Carlo es zum Vorschein brachte, hatte der Hamster es sich dort mit zwei Hamsterbabys und einer Menge Erdnüssen bequem gemacht.

Batman war Batwoman.

Für drei Hamster war der neue Käfig gerade groß genug.

Tja, Mats ist eben ein Held des Glücks.

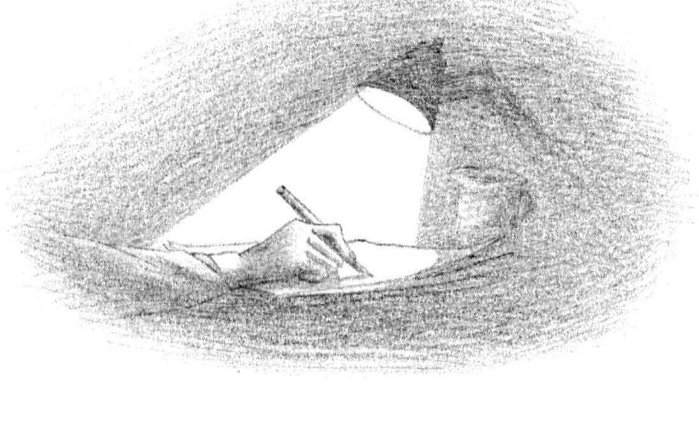